"꿈꾸는 **40대 맘**의 옷 이야기"

김혜정의 *Style Life*

"꿈꾸는 40대 맘의 옷 이야기" 김혜정의 Style Life

발행일	2020년 4월 3일		
지은이	김혜정		
펴낸이	손형국		
펴낸곳	(주)북랩		
편집인	선일영	편집	강대건, 최예은, 최승헌, 김경무, 이예지
디자인	이현수, 한수희, 김민하, 김윤주, 허지혜	제작	박기성, 황동현, 구성우, 장홍석
마케팅	김회란, 박진관, 조하라, 장은별		
출판등록	2004. 12. 1(제2012-000051호)		
주소	서울특별시 금천구 가산디지털 1로 168, 우림라이온스밸리 B동 B113~114호, C동 B101호		
홈페이지	www.book.co.kr		
전화번호	(02)2026-5777	팩스	(02)2026-5747

ISBN   979-11-6539-146-1 03810 (종이책)   979-11-6539-147-8 05810 (전자책)

이 도서의 국립중앙도서관 출판예정도서목록(CIP)은 서지정보유통지원시스템 홈페이지(http://seoji.nl.go.kr)와
국가자료공동목록시스템(http://www.nl.go.kr/kolisnet)에서 이용하실 수 있습니다.
(CIP제어번호: CIP2020012602)

(주)북랩 성공출판의 파트너

북랩 홈페이지와 패밀리 사이트에서 다양한 출판 솔루션을 만나 보세요!

홈페이지 book.co.kr   •   **블로그** blog.naver.com/essaybook   •   **출판문의** book@book.co.kr

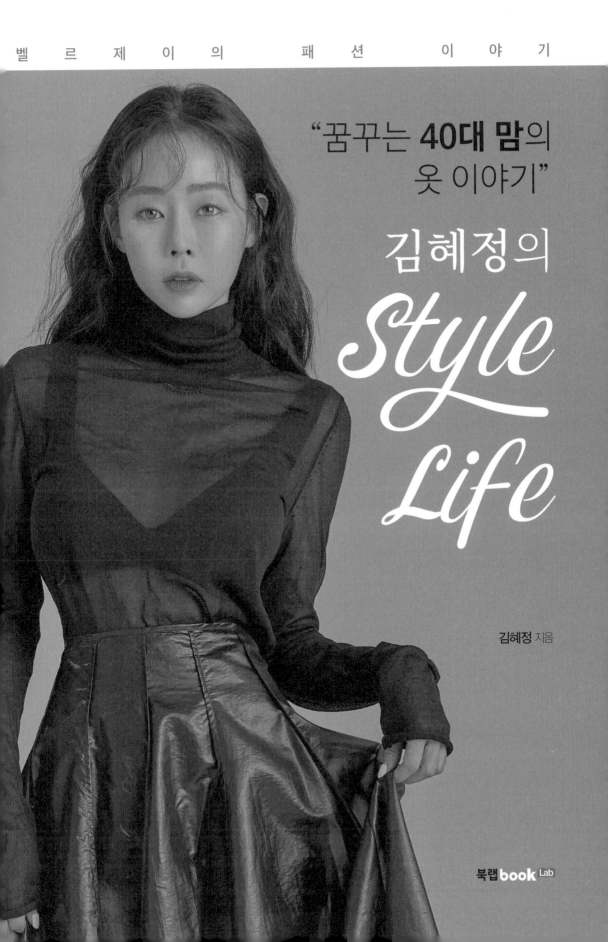

벨르제이의 패션이야기

"꿈꾸는 **40대 맘**의
옷 이야기"

김혜정의
Style
Life

김혜정 지음

북랩 **book** Lab

BELLE J

꿈꾸는 여자, **벨르제이 김혜정**입니다.

어느 드라마의 제목처럼 '이번 생은 처음이라' 낯설고 서툴게 맞닥뜨린다는 얘기가 생각납니다. 일과 가정을 정신없이 소화하며 살다 보니 시간이 순식간에 흘러가 버린 것 같아요.

가정이라는 울타리는 저에게 한 아이의 '엄마'이자 한 남자의 '아내'라는 새로운 삶을 안겨줬습니다. 오빠 같은 남편과 친구처럼 살며 소중한 아이가 생겼습니다. 하루가 다르게 자라는 아이를 보며 엄마의 행복을 알아 갑니다.

따뜻한 가정과 안정적인 직장생활까지. 이전까지는 아주 평범한 일상을 살았어요. 삶은 늘 똑같은 반복이었습니다. 거기서 비롯하는 이유가 '여자의 행복'이라고 여겼습니다. '여자', '엄마'라는 말에 가끔은 눈시울이 젖기도 하였습니다. 일상의 무료함에 울적해지는 제 모습은 결혼한 여자라면 누구나 겪는 당연한 '과정'이라고 생각했던 것 같아요.

당시 저를 표현하자면 '아이와 가정과 일이 전부인 30대 아줌마'였어요. 생활의 안정감을 유지하는 대신에 조금의 새로움도 없었던 '생활의 연속'을 버티듯 살았네요. 아이와 남편을 제외하면 '여자 김혜정'을 소개할 수 없다는 현실을 깨달았을 때 저는 꿈을 되찾자고 결심했습니다.

결혼과 출산은 인생의 큰 행복이 분명하지만, 그만큼 많은 희생을 동반하잖아요. 일하며 감당해야 하는 현실 육아는 절대 녹록지 않습니다. 제 안에서 엄마의 자리가 커질수록 여자의 꿈은 작아져 가더라고요. 또 세월 앞에서 하루가 다르게 시들어가는 제 모습을 보면 속상한 마음을 감출 수가 없었습니다.

다람쥐 쳇바퀴처럼 굴러가는 주부의 일상이 제 남은 인생의 전부가 될지도 모른다는 생각에 무기력한 기분에 빠지기도 했어요.

저는 오늘도 최선을 다하는 열정적인 아줌마로 살아가고 있습니다. 종일 숨 가쁘게 일하고 전쟁 같은 일상을 해치우듯 살고 있네요. 하지만 가족이 있어서 힘이 난다는 여느 주부님들의 말처럼 가족은 제 삶의 원천입니다.

40대 벨르제이의 일상에는 항상 '소박한 꿈'이 함께합니다. 엄마도 엄마이기 이전에 여자입니다. 저는 아직 가슴 속에 못다 피운 꿈이 있습니다. 지금도 뜨거운 열정으로 달릴 준비가 되어 있습니다. 이제 그 문을 열고 여자의 꿈을 위해 '꿈꾸는 삶'을 향해 달리렵니다.

꿈꾸는 여자는 늙지 못한다고 했던가요? '꿈을 좇는 여자'의 패션 철학을 고스란히 담은 '유니콘 벨르제이'의 신호탄을 쏘아 올려 봅니다.

CONTENTS

BELLE J

STYLE LIFE

여자로 사는 행복?
나를 디자인하는 모든 순간!

"상상을 하나의 작품으로 진행하는 과정이 인생인 듯합니다.
꿈이 있다는 것만으로도 저는 행복합니다."

40대 패션, 뷰티 크리에이터로 활동하면서 가끔, 또 자주 '행복'에 대해 생각해 봅니다. 가족과 친구가 있어 처음 용기를 내어 시작했습니다. 변화하는 더 나은 나를 만들자는 꿈이 있었습니다. 꿈이 목표가 되어 기쁘게 살아왔습니다.

저는 한 부모의 딸이자 한 남자의 아내, 한 아이의 엄마, 친구이지만, 언제나 '여자'입니다. '여자 김혜정'은 꿈을 잃지 않고 살려고 노력합니다.

나이를 먹어 가도, 몸은 힘들어져도, 고민은 짧게, 실천은 빠르게 합니다. 긍정적인 나를 만들고 표현합니다. 이러한 다짐을 위해 최선을 다해 살아갑니다.

나이가 들면 근심과 걱정이 조금 많아진다고 하잖아요. 두려움이 커질수록 사람들은 도전과 변화를 주저합니다. "꿈이 있는 사람은 늙지 않는다."라는 말이 있습니다. 꿈꾸는 70대 노인의 눈빛은 순수한 어린아이와 같습니다. 저도 늘 그 꿈을 생각합니다.

제 꿈을 한마디로 요약하면 '아름답게 살자'입니다. 꿈이 있는 가정, 소통하는 삶, 꿈을 나누고 또 그 꿈을 입고 '아름답게 살다가 아름답게 마감하자'가 제 '모토'입니다.

"아름다움을 동경하는 여자와 아름다운 여자는 같은 사람입니다."

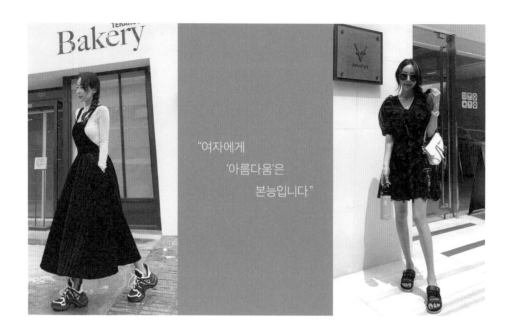

"여자에게
'아름다움'은
본능입니다."

여자에게 '아름다움'은 본능입니다. 아름다움을 추구하고 공간과 패션에 반응하고 작고 아름다운 것들을 보며 작은 감동을 느낍니다. 자신을 가꾸고 치장하는 일은 여자의 영원한 숙제이자 아름다운 관심사입니다. 저 자신도 이미 수십 년을 반복하고 있지만, 영원히 질리지가 않네요.

'벨르제이'라는 이름 안에는 '아름답게 살자'라는 제 생각이 녹아 있습니다. '미인'을 뜻하는 '벨르(BELLE)'와 제 본명 김혜정의 이니셜(K.H.J) 끝 글자 '제이(J)'를 더한 단어가 '벨르제이'입니다. '아름다움을 전하는 김혜정'이라는 뜻과 동시에 말 그대로 '김혜정은 아름답다'라는 '아줌마 최면' 같은 작은 다짐의 메시지도 담고 있어요.

저는 어려서부터 예쁜 옷과 화장품을 유난히 좋아했습니다. 당시에는 제 방이 놀이터였고 아름다움의 창고였습니다. 미대 재학 시절에는 예쁜 공간에서 '자아도취' 하며 예쁜 내 모습을 사진에 담는 일이 즐거웠습니다. 시각디자인을 전공하며 사진 수업을 들을 정도로 열정적이었답니다.

그리고 지금도 저의 꿈을 디자인해 그 옷을 입고 아름다움을 향해서 노력합니다. 옷을 디자인해 첫 샘플을 입을 때면 40대 '여자의 꿈과 행복'을 비로소 알아가는 것 같아요. 마치 인생이 하나의 디자인 작품인 것 같네요.

자기관리라는 말은 결국 자신의 내적, 외적 아름다움을 표현하기 위한 노력입니다. 스스로가 자기 자신을 디자인하는 과정이 아닐까 싶습니다.

20~30대는 밑그림을 그리는 드로잉의 시간이었습니다. 40대는 음영과 색을 입히는 채색의 단계 같습니다. 수십 번의 시행착오 끝에 완성된 밑그림 위에 꿈을 불어넣는 '꾸밈새의 과정'이 패션 '유니콘 벨르제이'의 현재입니다. 고단한 디자인의 반복이지만, 그만큼 '정'이 가고 행복합니다.

사람의 하루는 인생의 작은 축소판입니다. 아침에 잠에서 깨어나는 것은 태어나는 것을 의미합니다. 아침의 이른 시기는 소녀 시기입니다. 조금 늦은 오후가 지금의 벨르입니다. 잠이 드는 것은 마감을 뜻합니다.

완성도 높은 작품을 향한 아티스트의 욕심처럼, 이 조금 늦은 '오후'에 더 '정'이 가고 아름다운 디자인을 하고픈 여자 김혜정의 '욕망이라는 이름의 전차'는 끝이 없답니다.

화가의 책상 위에 붓과 물감이 있다면 저에게는 저의 작은 꿈, 유니콘 벨르제이의 원피스가 있습니다. 아티스트의 마음으로 제 온 마음을 '백분 발휘'해서 디자인하고 또 제작하고 있습니다.

모든 여자는 본능적으로 예뻐지는 법을 알고 있다고 합니다. 여자의 아름다움을 향한 본능을 일깨우는 모든 순간을 함께하는 '협력자' 혹은 '동행자'로서 여러분과 더불어 가고 싶은 마음입니다. 감사합니다.

까다로운 40대 아줌마의
'안목'으로 찾은 진정한 '편안함'

"유형의 패션이 무형의 스타일이 됩니다."

저는 SNS를 통해 소통하는 삶을 살고 있습니다. 40대 워킹맘의 생활에 녹아있는 모든 것들이 벨르의 주제가 됩니다. '나를 되찾는 일'이 행복인 평범한 아줌마입니다. 지인들의 '관심'은 저에겐 '가뭄에 단비'처럼 기쁨이 되어 주지만 한편으로는 무거운 책임감도 느낍니다.

특히 제 패션에 대해 보여 주시는 관심은 무척 즐겁습니다. 평소 착용하는 저의 데일리 룩에 관해 물어보시는 분들이 참 많은데요. 실제로 저는 '옷'에 관심이 아주 많은 아줌마예요. 제가 입는 옷은 물론 주변 사람들의 코디까지 신경 쓰는 편입니다.

평소에도 제 옷은 여기저기 발품을 팔아서 직접 구입하고 항상 '벨르 스타일'을 추구하는 욕심쟁이 요즘 아줌마이고요. 가끔은 남편 '더카' 씨와 함께 커플 룩이나 시밀러 룩을 연출해 입으며 부부애를 키우기도 합니다.

패션은 제 인생에서 떼려야 뗄 수 없는 친구 같은 존재입니다. 멋진 옷은 시각적인 만족감뿐만 아니라 그날의 기분과 자신감까지 상승시켜 주는 것 같아요. "좋은 구두를 신으면 좋은 곳으로 간다."라는 말처럼 멋진 옷은 멋진 하루를 만들어 준다고 말하고 싶습니다.

SNS를 통해 의류 공구를 시작한 것도 혼자 입기 아까운 '잇템'을 소개하고 싶은 '아줌마 오지랖' 때문이었습니다. 저 자신은 물론이고 주변 사람들의 스타일까지 신경 쓰는 '남다른 감각' 탓에 주위에서는 저를 '패션 유니콘'이라고 부릅니다. 그 때문에 이번에 자체 제작한 옷은 특히 더 애착이 갑니다. 디자인부터 생산까지 정성을 쏟은 의류 아이템은 '내 아이'처럼 소중합니다.

이제 막 제작된 샘플 옷을 처음 입어보는 순간에 느끼는 행복은 어떤 말로도 표현할 방법이 저에겐 없습니다. 매 순간이 '상상이 현실이 되는 순간'이니까요.

드디어 '유니콘 벨르제이'가 이번에 탄생하게 되었습니다!

예쁜 옷이라면 사족을 못 쓰던 어린 시절을 지나 이제는 저에게 잘 어울리고 편안한 옷의 디자인에 더 마음이 갑니다. 까다로운 40대인 저의 안목은 '실용성'과 '편안함'이 동시에 채워질 때 만족감을 조금 느끼는 것 같습니다.

시각디자인을 전공한 이력을 살려 자체 제작한 옷은 주로 웨어러블한 '원피스'입니다. 베이직한 디자인에 포인트 디테일을 가미해 '줌마 스타일리시'를 구현했습니다. 몸에 무척 편하지만, 함부로 입은 것 같지 않은 '멋스러움'까지 챙길 수 있습니다.

'유니콘 벨르제이' 원피스를 한마디로 설명하라면 '누가 입어도 예쁘고, 어디서나 편안한 옷'이라고 말하고 싶습니다. 여자는 세월이 흐르면 미적 감각이 조금은 무뎌집니다. 반대로 몸의 감각은 더 예민해지는 것이 '나이 듦'이라고 저는 생각합니다. 저는 꼭 그 섬세한 부분까지 챙겨주는 옷을 만들고 싶습니다.

'유니콘 벨르제이'의 모토입니다. 저는 오늘도 유니콘의 꿈을 꾸며 살아가는 '여자'입니다. 멋지게 입고 예쁘게 늙어가며 '아름다운 인생'을 디자인하는 벨르제이 김혜정이 되겠습니다.

"꿈은 더 크게,
생각은 더 단순하게,
실천은 더 빠르게."

"멋진 옷은 멋진 하루를 만들어 준다고 말하고 싶습니다."

'세기의 연인',
오드리 헵번 스타일 따라잡기

"여자는 늙어가는 것이 아니라 농익어 가는 것입니다."

"향기가 묻어나는 말과 행동은
'편안한 마음'에서 더 자연스럽게 나옵니다."

여자를 빛내는 '우아한 태도'는 '편안함'에서 시작됩니다. 몸이 불편하면 표정과 자세도 어색해집니다. 발이 불편한 '새 구두'보다 길이 잘든 '낡은 구두'가 당당한 워킹을 이끌어 내는 것처럼요. 옷도 마찬가지예요. 거추장스럽고 불편한 옷은 자연스럽게 멀어지게 됩니다.

'세기의 연인' 오드리 헵번이 영화 〈로마의 휴일〉에서 보여준 트래블 룩은 편안한 옷의 좋은 예가 될 수 있겠네요. 루즈핏 블라우스에 롱스커트를 매치한 오드리 헵번의 스타일은 자유롭지만 우아함을 잃지 않은 '클래식 캐주얼'의 정석으로 손꼽힙니다.

종아리 길이의 플레어스커트로 잘록한 허리를 살리고 셔츠 소매를 롤업하는 디테일까지 신경 쓴 '헵번 스타일'은 50년이 지난 지금 봐도 촌스럽지가 않습니다. 쉽게 스타일링한 가벼운 캐주얼처럼 보이지만, 클래식한 감성과 사랑스러운 여성미를 느낄 수 있죠.

'편한 옷'은 '대충 입은 옷'이 아닙니다. 편안하면서 스타일리시한 옷이 '리얼 컴포터블 룩'이라 할 수 있어요. 편안함은 패션 유니콘 벨르제이의 스타일 철학이기도 합니다. 그렇다면 어떤 옷을 선택해야 할까요?

우선 활동을 방해하지 않는 봉제와 디테일로 착용감이 뛰어나야 합니다. 또한, 체형의 단점을 잘 커버하면서 몸이 지닌 고유의 곡선을 살려주는 디자인이 필수적입니다. 여기에 도

시 감성을 살린 멋진 디테일이 더해지면 금상첨화라 할 수 있겠죠.

예전에는 '옷에 몸을 끼워 맞추듯' 조금 불편해도 예쁘면 그냥 입는 옷이 많았습니다. 하지만 일하는 엄마로 살다 보니 편하지 않은 옷은 저절로 피하게 되더라고요. 몸을 꽉 조이지 않으면서 신축성을 가진 가벼운 소재는 디자인이 복잡해도 몸이 편합니다. 더불어 베이직한 디자인의 웨어러블 아이템은 스타일링이 쉽고 탈착이 간편해 예쁘고 실용적입니다.

편한 옷을 멋지게 입는 가장 쉽고 빠른 방법은 '원피스'를 활용하는 것입니다. '클래식의 대명사' 블랙 원피스는 어디서나 통합니다. 기본에 충실하여 고급스럽고 단조롭지만, 과도함 없이 화려한 것이 매력입니다. 영화 〈티파티에서 아침을〉 속 오드리 헵번의 블랙 드레스처럼 블랙 원피스는 그 자체가 하나의 완성된 룩이 됩니다.

만일 심플한 룩이 허전하다면 선글라스나 가방, 주얼리 등의 패션 소품을 함께 레이어드하길 추천합니다. 블랙 룩은 진주, 골드, 실버 등 볼드한 주얼리와 매치하면 고급스러움이 배가 됩니다. 또한 애니멀 프린트나 팝 컬러 가방, 액세서리를 함께 착용해 주면 심플한 룩에 강렬한 인상을 실어 줄 수 있습니다.

활동량이 많은 날은 '롱' 스커트가 제격입니다. 무릎 아래로 내려오는 스커트는 청순하고 우아한 여성미를 자아냅니다. 편한 자세로 앉거나 큰 보폭으로 걷기에는 이만한 아이템도 없습니다. 치마가 몸을 감싸 보디라인이 드러나지 않고 노출의 위험이 낮기 때문입니다. 여성스러움과 활동성을 동시에 갖춘 훌륭한 '액티브 웨어'라 할 수 있죠.

아이를 키우는 엄마라면 누구나 하나쯤 소장할 법한 롱스커트는 크게 A라인과 H라인으로 나눠 볼 수 있어요.

아래로 갈수록 넓어지는 A라인 스커트를 입을 때는 허리를 부각시켜 주는 것이 효과적입니다. 루즈핏 상의를 짧게 입거나 두꺼운 벨트로 포인트를 주면 잘록한 허리를 연출할 수 있습니다.

반면에 하체의 보디라인을 드러내는 H라인이나 펜슬스커트의 경우에는 몸 전체의 곡선을 살려 주는 것이 좋아요. 어깨와 팔을 부각시킨 퍼프소매 블라우스나 가슴에 리본이나 프릴 장식이 더해진 볼륨감 있는 상의 등은 가슴과 힙, 골반의 굴곡을 강조해 글래머러스한 느낌을 얻게 해 줍니다.

'모든 사람은 자유롭게 입을 권리가 있다'라고 생각합니다. 개인의 삶의 만족이 더 중요해진 시대잖아요. 직업, 나이, 장소, 체형을 고려해 입는 '똑같은 옷'에 싫증이 났다면 한 번쯤은 남의 시선이나 여건에 구애받지 않는 '편안한 옷'에 도전해 보시길 바랍니다.

'패션 유니콘'을 꿈꾸는 저는 패션으로도 더 소통하길 원합니다. 또 다른 변신을 유니콘 벨르제이로 할 수 있기를 꿈꿔 봅니다. 편안하고 아름다운 옷을 만드는 저의 작은 도전이 멋지고 아름다운 '줌마 스타일'을 대변하는 그날까지, 최선을 다하겠습니다.

"여자의 변신은 자유! 패션 스타일은 선택!"

"'모든 사람은 자유롭게 입을 권리가 있다' 라고 생각합니다."

'유니콘 벨르제이'의 여자의 인생으로 배운
'멋' 그리고 '삶'

"엄마는 몸이 바쁘고 여자는 마음이 바쁩니다.
그리고 옷은 우리의 일상에 해와 달처럼 항상 함께합니다."

지난 시간을 돌아보면 여자로서의 제 인생은 결혼 전후로 많은 변화가 생겼습니다. 특히 출산은 제 삶을 바꾸는 결정적인 계기가 됐어요.

아이가 태어나기 전까지 언제나 모든 결정의 중심은 저 자신이었습니다. 예술과 사진을 공부하고 디자이너로 일하며 자신의 성장과 발전을 위해 살았습니다. 단순히 옷이 좋아서 많이 입었고 제 눈에 예쁜 옷을 소개하는 일이 즐거워서 잠시 쇼핑몰도 운영했지요.

하지만 출산과 동시에 모든 것들을 '아이'에게 맞추는 제 모습을 발견했습니다. 옷차림도 마찬가지였습니다. '현실 육아' 앞에서 제 취향이나 유행은 생각조차 할 수 없었어요. 매일 흘리고 쏟는 아기와 지내다 보면 엄마가 입은 옷은 수시로 망가지고 더러워지니까요. 멋 부릴 시간이 없어서 대충 입고 쉽게 갈아입기 좋은 홈웨어를 일상처럼 달고 지냈습니다.

밖에 나갈 때도 마찬가지였죠. 아이를 안고 먹이고 챙겨줘야 하니까 넉넉하고 활동하기 좋은 옷을 먼저 찾게 되더라고요. 아가씨 때 입었던 짧은 스커트나 팔의 움직임이 자유롭지 않은 재킷, 털이나 장식이 많은 옷은 엄두도 내지 못했습니다.

그럼에도 불구하고 제 안에는 항상 '아름답고 싶은 여자'가 꿈틀거리고 있었습니다. 틈틈이 육아와 일에 최적화된 '예쁘고 활용성 높은 옷'을 고민했습니다. 몸을 구속하지 않으면서도 아름다운 여자를 표현해 주는 멋진 옷을 입고 싶었거든요.

저는 신축성과 활동성은 물론이고 멋진 디자인과 좋은 소재, 합리적인 가격까지 갖춘 옷을 찾기 위해 노력했습니다. 가끔 마음에 드는 옷은 제작해 입거나 직접 판매하기도 했습니다. 고작해야 1년에 3~4개의 아이템이었지만, 거기에 쏟은 정성과 노력만큼은 정통 패션 하우스의 수석 디자이너 못지않았다고 감히 자부하고 싶네요.

돌이켜 보면 '예쁜 옷'을 향한 저의 소박한 꿈을 이루기 위해 쏟았던 정성이 지금의 '유니콘 벨르제이'를 탄생시킨 계기가 되어 준 것 같습니다.

유니콘 벨르제이의 의류 아이템에는 "옷만큼은 '조금 더' 편하게, '조금 더' 멋지게"를 추구하며 걸어온 '욕심쟁이 아줌마'의 삶과 경험이 녹아 있습니다. 그리고 단순히 '예쁜 엄마'로 살고 싶었던 초심이 이제는 '멋지게 늙어 가고픈 여자'를 향하고 있네요.

어렸을 적 제 손을 꼭 잡으며 "오늘 엄마가 제일 예뻐."라고 말하던 아들의 해맑은 고백을 기억합니다. '남편의 프러포즈'만큼이나 큰 감동으로 와닿아 지금도 생생하게 기억이 납니다. 모든 엄마가 그렇겠지만, 내 아이의 칭찬보다 기분 좋은 것도 없잖아요.

순수한 아이들의 눈에 제가 '아름답게' 비친다는 자체도 기쁘지만, 저를 보고 행복해하는 아이의 얼굴은 무엇보다 확실한 감동과 만족감을 안겨 줍니다. 엄마로 사는 김혜정도 저 자신이니까요.

저는 40대 아줌마이자 평범한 주부지만 '아름다운 아내이자 예쁜 엄마'로 살고 싶습니다. 또한 '유니콘 벨르제이'로 패션의 아름다움을 이야기하며 세상의 모든 엄마와 여자의 아름다움을 함께하는 동반자가 되길 소망합니다. 그리고 그 끝에는 잔잔한 '행복과 아름다움'이 여운처럼 남길 바랍니다.

"그 끝에는 잔잔한 '행복과 아름다움'이
여운처럼 남길 바랍니다."

'24시간이 모자라', 워킹맘도 진행형 꿈을 꿉니다

"시도하지 못한 꿈은 헛된 '마음의 공상'일지도 모릅니다.
시작한 꿈은 아직 '현실 진행형'입니다."

"엄마는 강인하고 여자는 꿈을 꾼다.
이 둘을 더한 간절한 동기가 제 '삶'을 만듭니다."

20대 중반부터 안정적인 직장에 다니며 디자이너로 일했습니다. 30대의 김혜정은 평범한 워킹맘으로서 한 남자의 아내이자 또 한 아이의 엄마로 살았습니다.

원래 성격이 내향적인 편이라 이런 규칙적이고 반복적인 직장 생활이 잘 맞는다고 생각했습니다. 매일 아침 같은 시간에 일어나 정신없이 비슷한 인스턴트 반찬으로 아침 식사를 해결하고 정신없이 회사에 출근해 똑같은 업무를 10년간 반복했습니다.

매일 똑같은 일상을 반복하다 보니 무료함과 함께 막연한 회의감도 들었습니다. 그동안의 '안정'이 마치 앞으로의 '정체'처럼 까마득하게도 느껴졌거든요.

'내가 진정으로 원하던 삶'이 무엇인지 고민했습니다. 지금까지와는 조금은 다른 모습의 인생 그림이었습니다. '김혜정의 또 다른 꿈을 되찾는 시간을 만들어도 괜찮지 않을까?'라는 바람도 생겼습니다. 어려서부터 좋아하던 '옷'으로 새로운 도전을 해 보고자 마음먹었죠.

워킹맘으로 살아온 지난 삶도 절대 쉽지 않았습니다. 친정엄마를 닮아 선천적으로 약골에 일하면서 미취학 아이를 키우는 자체만으로도 충분히 하루가 고되고 바빴거든요. 꿈꾸는 여자가 되려면 좀 더 강한 엄마가 되어야겠다고 생각했어요.

아침 일찍 출근해서 회사 일을 했습니다. 퇴근 후에는 친구와 동대문 시장을 돌며 의류 바잉 일을 했습니다.

"새우잠을 자더라도 고래 꿈을 꾸었습니다."

하루 24시간을 알차게 쪼개서 사용해도 모자랐습니다. 체력적으로는 힘들었지만 행복하더라고요. '한 여자의 꿈'이 '간절한 염원과 동기'를 만나 시너지 효과를 낸 것 같아요. 아무리 피곤해도 퇴근 후에는 직접 발품을 팔아 가며 예쁘고 질 좋은 옷을 찾고자 애썼습니다.

그렇게 쇼핑몰을 운영하며 첫 의류 판매를 시작했습니다. 아무것도 모르고 '옷이 좋아서' 시작한 탓인지 판매 성과는 좋지 않았어요. 열정과 정성은 넘쳤지만, 그것이 소비자의 안목과 전문 셀러의 노련함을 대신할 수는 없었나 봅니다.

막연한 꿈에 '올인'할 여유는 없었어요. 이후 '나 홀로 거창한 사업'의 꿈을 보류하였습니다. 다시 디자이너의 직장생활에 만족하며 소소하게 블로그를 통해 의류 판매의 명맥을 이어 왔습니다.

그리고 10년 후 벨르제이로 다시 의류 사업 오픈을 하게 되었습니다. 매년 소량의 제품을 다뤘지만, 다년간의 아픈 경험도 쌓였습니다. 진정으로 어떤 일을 하려면 그에 따른 고통을 참아야 하며 나아가 고통을 즐길 줄도 알아야 한다는 것도 배웠습니다!

이제는 자체 제작을 진행할 만큼 여유가 생긴 것 같아요. 그리고 43살이 된 김혜정은 지금 '유니콘 벨르제이'를 준비하며 30대에 못다 이룬 꿈에 한 걸음 더 다가가려고 합니다.

심순덕 시인의 〈엄마는 그래도 되는 줄 알았습니다〉라는 시를 보면 '엄마'라는 말의 무게를 느끼게 됩니다. 어렸을 때는 당연한 줄 알았던 친정엄마의 삶이 막상 제가 엄마가 되고 보니 당연한 게 아니더라고요. 엄마가 강한 게 아니라 '엄마라서' 강인해졌고 아줌마가 억척스러운 게 아니라 '아줌마라서' 몸이 선천적으로 약하면서도 악착같이 사셨다고 생각합니다.

저도 잃어버린 내 안의 '여자'를 잃지 않기 위해 노력하며 살고 싶습니다. 저에게 현실의 벽은 언제나 녹록지만은 않았지만 '꿈이라는 씨앗을 현실로 꽃피운다'라는 생각으로 진심을 다해 살아가고 싶습니다.

'성공에 대한 최고의 보상은 더 많은 일을 할 기회가 생기는 것'이라고 벨르는 생각합니다. 패션으로 소통하는 '오늘의 저의 작은 도전'이 여자를 행복하게 만드는 '유니콘 벨르제이'로 나아가길 바랍니다.

저의 작은 소망입니다. 오늘도 시도를 주저하지 않는 '억척 아줌마' 김혜정이었습니다.

새벽시장을 누비는 아줌마,
'벨르제이'

"영원히 살 것처럼 일하고,
내일이 없는 것처럼 오늘의 행복을 고민합니다."

SNS를 시작한 지 벌써 6년이 다 되어 갑니다. 당시 4살이었던 아들의 성장 과정을 기록해 두고 싶은 엄마의 마음이 제일 컸어요. 일하는 엄마에게 하루가 다르게 크는 아이의 '폭풍 성장'은 아쉬움 그 자체거든요. 육아와 가족여행 등의 일상을 기록하며 SNS를 하는 재미에 푹 빠져 지냈던 것 같아요.

그리고 몇 달 뒤, 20대 시절의 제 모습이 그리워졌습니다. 싸이월드를 하던 시절의 '여자 김혜정'을 되찾고 싶어진 거예요. 그렇게 마음에 불어온 작은 바람이 지금까지 이어졌네요. 그리고 지금 저는 의류를 제작하는 '유니콘 벨르제이'로 또 다른 도전을 준비하고 있어요. 정말 "알 수 없는 것이 인생이다."라는 말을 부쩍 실감하는 요즘입니다.

제 삶의 변화를 이끌어 준 특별한 순간을 꼽으라면 의류 쇼핑몰 운영을 준비하며 '새벽시장'을 누비던 시절을 말하고 싶습니다. 오롯이 '좋아서' 시작한 첫 번째 도전이었고 그만큼 열정적이었던 것 같아요.

친구와 작게 시작하는 사업이었던 만큼 직장을 그만둘 순 없었어요. 회사에 다니면서 투잡으로 쇼핑몰을 운영하기 시작했습니다. 자연히 퇴근 후에는 동대문에서 의류 바잉을 하고 새벽까지 사이트 관리와 상품 배송을 하며 숨 가쁜 매일을 살았습니다.

낮에는 직장인으로, 밤에는 초보 사업가로 정말 억척스럽게 일을 했어요. 몸은 힘들었지만, 기분은 무척 좋았습니다. 매 순간이 보람됐고 진짜 살아있는 기분을 느낄 수 있었습니다. 어려서부터 허약했던 제가 어디서 그런 힘이 솟아났는지, 저 자신도 신기할 정도였어요.

동대문 새벽시장의 분위기가 그랬던 것 같아요. '밤을 잊은 사람들'이라는 말을 하죠. 늦은 새벽인데도 불야성인 동대문을 누비는 순간에는 피곤을 잊게 되더라고요. 치열하게 삶을 살아가는 사람들의 에너지가 제 심장을 뛰게 했어요. 덩달아 신이 나서 시장 구석구석을 돌아다니며 예쁘고 품질 좋은 옷을 찾아다녔습니다.

시장에서 발품을 파는 시간이 늘어날수록 사업에 대한 자신감도 붙었고 소재나 박음질, 안감, 디테일 등 옷에 대한 지식도 많이 얻었습니다. '단순히 예쁜 옷을 팔고자 했던 초심은 '품질 좋고 예쁜 옷'으로 한 단계 업그레이드되었습니다.

"성공은 영원하지 않고, 실패는 치명적이지 않습니다."

당시 준비한 쇼핑몰은 도전에서 그쳤지만, 새벽시장에서 얻은 경험은 저에게 소중한 재산처럼 남았습니다. '일단 하면 된다'라는 믿음을 갖게 됐고 결혼 후에도 소소하게 '의류 판매'를 진행하는 계기가 됐으니까요. 올해 시작한 '유니콘 벨르제이'의 옷도 그렇고요.

20대부터 30대 초반까지 저는 남들처럼 살기 위해 애썼습니다. 좋은 직장에 '취업'하기 위해 고군분투하고 적당한 나이에 '결혼'하며 안정된 삶을 꾸리는 것이 행복의 전부라고 믿었어요. 그런데 30대 중반을 향할 무렵이 되니 반복되는 아줌마의 일상이 '무력함'으로 다가오더라고요. 편하고 안정적인 생활과 바쁘고 힘들지만 가슴 뛰는 도전 사이에서 갈등하던 시기였던 것 같아요.

사람은 환경에 빠르게 적응하는 동물이라고 하잖아요. 지금까지 그랬던 것처럼 꿈을 향해 '일단 시작해 보자!'라는 마음으로 오늘도 삶의 현장을 달립니다. 아직도 '예쁜 옷'이 좋아서 새벽시장을 누비는 아줌마 벨르제이였습니다.

"엄마는 왜 '몸빼'를 사랑했을까?", 홈웨어에 대한 혜정의 생각

"관점을 바꾸면 생각이 바뀌고
생각이 바뀌면 모든 것이 다르게 보일 수 있습니다."

3남매 중 막내로 태어난 저는 엄마의 사랑을 독차지하고 자랐습니다. 아버지가 출근하시고 언니와 오빠가 학교에 가면 엄마와 단둘이 시간을 보낼 일이 많았는데요. 저는 유일한 친구이자 선생님이었던 엄마를 늘 흉내 내는 '따라쟁이'였어요. 화장대에 앉아 엄마처럼 화장하는 시늉을 하고 맞지도 않는 엄마 옷을 입고 엄마처럼 차 마시는 흉내를 내던 철부지 막내딸이었습니다.

어릴 적에 저의 최대 관심사는 '엄마의 옷차림'이었습니다. 어머니가 차림에 신경을 쓴 날은 어김없이 같이 외출할 일이 생겼거든요. 그리고 돌아오는 길에는 언제나 제가 좋아하는 마론 인형과 인형 옷을 선물 받고 돌아왔어요.

꼭 선물이 아니더라도 예쁘게 입고 외출하는 엄마가 좋았어요. 평소보다 신경 써서 차려입은 모습이 그림책에서 본 '왕비님' 같았거든요. 우아하고 아름다운 엄마와 손을 잡고 걸으면 왠지 제 어깨가 으쓱해졌습니다. '우리 엄마 예쁘지!' 하고 마구 자랑하고 싶은 마음이었죠.

제 기억 속의 엄마는 수수한 홈웨어를 즐겨 입으셨어요. 롱스커트에 니트, 티셔츠에 헐렁한 고무줄 바지처럼 가볍고 착용감이 편한 옷이 대부분이었어요. 여기에 단정한 외투 하나를 걸치면 동네 마트 패션이 됐고 옅은 화장을 더하면 제 유치원 등·하원 패션이 되곤 했어요.

전업주부로 평생을 사신 덕분에 집에 머무는 시간이 많다 보니 자연스레 저도 엄마의 홈웨어가 친숙했어요. 그중에서도 얇은 고무줄로 허리를 잡은 헐렁한 '몸빼'는 아직도 강렬한 기억으로 남아 있습니다.

장하는 날이나 이사, 대청소 등 집안일이 많은 날이면 엄마는 넉넉한 고무줄 바지를 입으셨어요. 일명 '몸뻬 바지'는 펑퍼짐해 보이는 데다 촌스럽기까지 했지만, 집안일이 많은 날은 작업복처럼 고무줄 바지를 애용하셨던 것 같아요. 당시에 저는 그런 엄마의 옷차림을 유심히 관찰하면서, '엄마는 왜 할머니 바지를 좋아할까?'라고 생각했던 것 같아요.

그러던 제가 그 시절 친정엄마만큼 나이를 먹고 주부로 살아보니 '엄마의 마음'을 알 것 같습니다. 아무리 예쁘게 입고 싶어도 육아와 가사 노동 앞에서는 자신을 돌볼 수 없는 게 엄마이자 아내더라고요.

친정엄마의 홈웨어는 '스타일'이 아니라 '생활'이었던 거예요. 중요한 약속이 있는 날에 멋지게 차려입은 엄마는 '여자'였지만, 세 아이를 돌보며 가정을 돌보는 엄마는 '주부'라는 본업에 충실한 '아내이자 어머니'였던 겁니다. 엄마의 '몸뻬'는 전쟁에 나가는 장수의 갑옷처럼 살림을 가꾸는 엄마의 '전투복'이었던 셈이죠.

"가장 훌륭한 뮤즈는 내 안에 살아있는 어린아이의 마음이다."

'유니콘 벨르제이'의 옷에는 종일 엄마를 관찰하던 '꼬마 김혜정'의 시선이 녹아 있습니다. 엄마를 아름답게 만들었던 옷부터 평소 엄마가 즐겨 입으셨던 편안한 옷까지, 아이의 눈으로 보고 느꼈던 모든 것을 제 옷에 담고자 합니다.

이제는 40대 중반의 주부가 된 저 자신은 물론이고 어릴 적 우리 엄마에게 입혀 드리고 싶은 '예쁘고 편안한 옷'을 만들고 싶어요. '엄마도 여자였다'라는 뒤늦은 깨달음을 교훈 삼아 세상의 모든 엄마가 '기분 좋게 입을 수 있는' 멋지고 실용적인 스타일로 찾아뵐게요.

우리 인생은 노력한 만큼 가치 있게 빛이 난다고 하잖아요. 완벽하지 않아도, 성공적이지 않아도 할 수 없습니다. 저는 단지 숨을 쉬듯 꿈을 그리고 제 온 마음을 다해 정성을 쏟고자 합니다. 엄마의 몸뻬를 더 예쁘게 만들어 드리고 싶은 딸의 마음처럼요.

오늘도 여자의 일상을 함께하는 '유니콘 벨르제이' 김혜정이었습니다.

．
．
．

"우리 인생은
노력한 만큼
가치 있게
빛이 난다고
하잖아요."

．
．
．

Style Life 8.

'유니콘 벨르제이' 입문기,
손끝의 감촉 그리고 편안함

"우리는 삶에 필요한 모든 것을 살아가며 배워요.
능숙하게 시작할 수 있는 일은 세상에는 없죠.
그래서 배움은 끝이 없나 봐요."

'시작'은 언제나 두근대는 설렘과 두려움을 동반합니다. 무언가를 결심하고 시작하는 동안 우리는 들뜬 마음으로 '바람'과 '준비'를 해요.

우리는 뭔가를 시작할 때 우선 인터넷으로 자료를 찾고 카페나 블로그를 통해 자문을 구하기도 합니다. 그리고 더 궁금한 내용은 찾아보고 확인하죠. 하지만 계획이 현실이 되면 그동안의 준비는 정말 일부에 불과했다는 사실을 알게 됩니다. 직접 부딪혀 보지 않고서는 도통 알 수 없는 우리네 '알 수 없는 인생'처럼요.

처음 쇼핑몰을 준비할 때도 마찬가지였습니다. 모든 것이 계획대로 순조롭게 진행됐고 별 문제 없이 온라인 쇼핑몰을 오픈했죠. 하지만 판매가 제대로 이뤄지지 않았습니다. 기대에 못 미치는 당연한 결과에 당황했고 실망이 컸죠.

또한, 인력 배분, 판매 및 유통, CS 등 예상치 못했던 문제가 생기면서 고민은 더 커졌어요. 여자 둘이서 투잡으로 지속하기에는 유지하기 어렵겠다는 결론을 얻게 됐습니다.

"갓 캐낸 황금보다 잘 닦인 구리가 더 빛나는 법이다."

실패는 성공의 어머니라고 했던가요? 한 번의 좌절은 제게 많은 교훈을 안겨 줬습니다. 전문 쇼핑몰을 운영하는 대신 블로그 마켓을 시작했습니다. 다양한 품목을 다루는 대신에 정말 신중하게 고른 소량의 의류만 선별해 마켓 공구를 오픈했어요.

상시 판매가 아니다 보니 시간에 쫓기지 않았습니다. 덕분에 옷감이나 박음질까지 꼼꼼히 살펴볼 여유가 생기더라고요. 옷의 품질에 대한 자신감도 저절로 높아졌습니다.

특히 옷감은 눈으로 대충 봐서는 알 수 없잖아요. 눈으로 보고 손으로 만져 보고 직접 입어 봐야 알 수 있어요. 원단을 공부한다는 생각으로 오감을 활용해 옷감을 공부했습니다.

블로그 마켓 제품은 제가 직접 다 입어보고 선택한 것들이라 '대충'이 없었습니다. 매일 '갈고닦는' 마음으로 옷을 대했습니다. 가볍고 착용감 좋은 옷, 피부에 자극 없는 소재, 관리가 쉽고 실용적인 원단으로 만든 옷을 찾아다녔습니다. 그렇게 쌓인 노하우로 이제는 의류 자체 제작까지 활동의 폭을 넓히게 됐네요.

> "오로지 한 길로 통하는 인생을 살아가는 것만큼
> 가슴 뛰는 일도 없다."

어쩌면 '유니콘 벨르제이'는 제가 10년 가까이 애정을 쏟아 온 의류 마켓의 종착역입니다. 여자로서 꿈꿔 온 예쁜 옷에 대한 제 모든 애착이 담겨 있고요. 아줌마의 눈치로 삶의 현장에서 배운 유통과 판매의 노하우는 물론, 품질 좋은 옷을 향한 저의 깐깐한 취향을 고스란히 느끼실 수 있을 거예요.

사랑에 빠진 사람은 불행할 시간이 없다고 하죠? 유니콘 벨르제이와 열애 중인 제가 요즘 그래요. 매일 빠듯한 일상에 쫓기느라 몸은 고단하지만, 마음만큼은 '첫사랑에 빠진 소녀'처럼 벅차고 한없이 떨립니다.

손끝에서부터 느낄 수 있는 편안함을, 모두와 함께 나눌 수 있는 날이 어서 와서 여러분을 만나 뵐 날을 간절히 기다려 봅니다.

"매일 빠듯한 일상에 쫓기느라 몸은 고단하지만,
마음만큼은 '첫사랑에 빠진 소녀'처럼 벅차고 한없이 떨립니다."

1990년대 '향수'를 담은
'유니콘 벨르제이'의 철학

"지나온 삶의 여정이 소중한 이유는
'옛 추억'이 '오늘을 살아갈 힘'이 되어 주기 때문이다."

올해 43살인 저에게도 리즈 시절이 있었습니다. 풋풋했던 10대부터 예뻤던 20대까지 모두 아련한 그리움으로 남아 있지만, 가장 즐거웠던 시기는 1990년대 중후반이었던 것 같습니다.

요즘 '복고 열풍'으로 재조명되는 1990년대는 '문화의 황금기'였습니다. 해외 팝스타와 힙합이 국내에 본격적으로 들어와 클럽 문화로 정착했고 서태지를 기점으로 H.O.T, 젝스키스, 핑클 등의 아이돌이 가요계에 등장하며 방송·예술은 물론이고 패션·뷰티·라이프를 총망라한 '문화의 아이콘'으로 떠올랐습니다.

강남에서는 10대 스타 발굴을 위한 길거리 캐스팅이 일상이었고 인터넷을 통해 얼굴이 알려져 연예인이 되는 친구들도 많았습니다. 박한별, 구혜선, 한혜진 등 '얼짱' 출신 여배우들도 그중 하나죠.

1998년의 IMF와 2008년의 금융 위기를 경험하기 이전에는 모든 것이 여유로웠던 것 같아요. 인터넷이 보급됐지만, 아날로그 감성의 낭만도 충만했어요. 손편지, 삐삐나 이메일로 연락을 주고받고 필름 카메라 사진이 익숙했던 시절이었으니까요.

좋아하는 가수의 앨범 발매일에는 아침 일찍 동네 음반 판매점에 가서 줄을 서서 기다렸다가 CD나 테이프를 샀고요. 스타의 앨범 재킷 사진으로 만든 일명 '브로마이드' 한 장에 행복해지는 그런 날들이 있었습니다.

"우리 마음속의 다양성이 존재하고 표현될 때
예술과 문화도 피어납니다."

특히 저는 『키키』나 『신디더퍼키』, 『쎄씨』 등의 패션 잡지를 좋아했어요. 요즘 '여배우 등용
문'이라고 불리는 1990년대 잡지가 바로 이것들이었어요. 당시 패션 잡지는 볼거리가 많았습
니다. 최신 트렌드부터 스트리트 패션까지, 10~20대 눈높이에 맞춘 실용적인 정보를 한눈에
볼 수 있어 매달 빼놓지 않고 봤습니다.

용돈은 대부분 옷이나 액세서리를 사는 데 썼어요. 보세 상점이나 로컬 브랜드 매장이 즐
비했던 명동이나 이대, 압구정 로데오 등이 주요 쇼핑 스트리트였습니다. 거리로 나가면 옷
보다 사람 구경에 시간 가는 줄 몰랐어요. 개성과 자유로움이 '젊음'의 상징처럼 여겨지던 시
절이라, 요즘 말로 '힙한 사람들'이 거리에 넘쳐났거든요.

자기표현의 스펙트럼이 넓었던 만큼 정말 다양한 스타일을 길에서 만날 수 있었어요. 복
고 무드의 부츠컷과 나팔바지, 과감한 힙합 패션과 세련된 세미 정장까지 장르와 경계를 허
문 멋진 패션을 매일 일상처럼 보고 느낄 수 있었습니다.

"사람의 '겉모습'은 계속 변합니다. 하지만 그 '내면'은 변하지 않죠."

저도 마찬가지였어요. 화려한 탑부터 짧은 치마, 보이시한 오버핏 캐주얼까지 입어 보고
싶은 스타일은 무조건 도전했던 것 같아요. 옷이 바뀔 때마다 변신하는 제 모습이 좋아서
예쁜 사진을 찍으면 싸이월드를 통해 사람들에게 보여 줬어요. 덕분에 제 방에는 늘 옷과
장신구가 가득했어요. 하나하나가 소중한 재산이고 친구 같았죠.

시대가 변했지만, 옷을 대하는 제 마음은 지금도 똑같은 것 같아요. 새로운 스타일을 시
도할 때는 떨리고 입어서 편한 옷은 오랜 친구처럼 반갑습니다.

옷을 보는 취향도 마찬가지예요. 편하게 입는 것을 좋아하고 스타일보다는 분위기를 더
우선시하는 것 같아요. 나이를 먹었지만, 여전히 예쁜 옷에 눈길이 가는 마음은 어쩔 수 없
네요.

'유니콘 벨르제이'가 선보일 옷에도 1990년대를 향한 저의 향수가 조금은 담겨 있겠죠? 편

안하지만 고루하지 않고, 단순하지만 마음이 가는 낭만을 전하고 싶습니다.

여전히 제 안에는 다양하고 자유로운 감성을 사랑했던 'X세대 김혜정'이 살고 있으니까요.

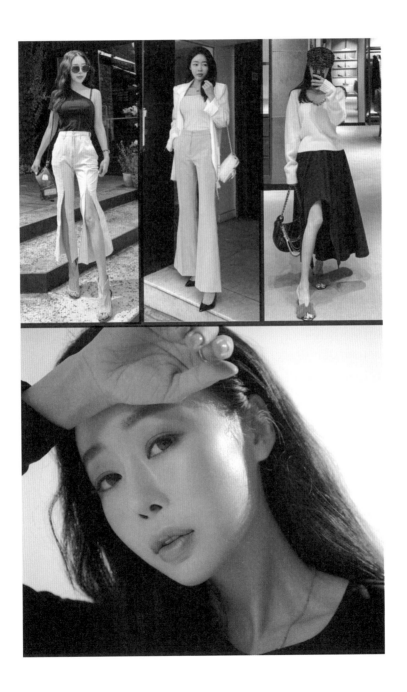

그때는 몰랐던 것들,
'예쁘다' vs '예쁘고 편하다'

"젊어서는 '지식'을 통해 배우고
나이가 들면 '지혜'를 통해 성숙해지는 것 같습니다."

지나간 20대를 회상하면 늘 '예쁨'이라는 말이 먼저 떠오릅니다. 기억 속의 저는 잘 꾸미고 폼 나게 입길 좋아하던 미대생이었는데요. 옛날 사진을 꺼내 보면 내추럴하고 편안한 모습의 김혜정이 없어서 놀라곤 합니다.

어렸을 때는 예쁘고 싶은 마음만 앞섰지, 그 방법을 잘 몰랐던 것 같습니다. 예쁘게 입고 싶지만 어떤 옷을 입어야 할지 몰랐고 예쁘게 화장하고 싶지만 메이크업이 뭔지 몰랐던 거예요. 영어를 안다고 해서 바로 말문이 트이지는 않듯이 예뻐지는 것도 공부와 연습이 필요했던 겁니다.

모방은 창조의 어머니라고 했던가요? 저는 제 인생의 첫 멘토인 '엄마'를 시작으로 마음속의 롤모델을 따라 하며 제 꾸밈새를 찾기 시작했습니다. 일상 속의 모든 사람이 교과서가 되고 선생님이 됐던 것 같아요. 이웃집 언니, 좋아하는 연예인, 친한 친구를 비롯해 세상의 모든 여자에게 '저 자신'을 투영(대입)해 봤던 것 같아요.

"하이힐을 신는 순간 소녀는 '여자'가 된다."라는 말처럼 교복을 벗고 대학생이 되고 가장 좋았던 점이 바로 '마음껏 꾸밀 수 있는 자유'였습니다. 갖고 싶었던 화장품을 사서 화장대를 하나씩 채우고 굽이 뾰족한 하이힐을 신을 수 있다는 사실이 꿈만 같았습니다.

청바지와 티셔츠가 고작이었던 옷장에도 하나씩 짧은 치마와 화려한 원피스가 생겼고 책가방 대신 핸드백을 구경하러 다니는 날이 많아졌어요. 예쁘게 꾸민 날은 제 모습을 사진에 담으며 대학 시절을 보냈습니다.

그땐 새롭고 예쁜 옷이라면 뭐든지 다 좋았습니다. 옷을 예쁘게 소화하려고 헤어스타일부터 화장까지 저 자신을 바꾸었지요. '스타일'을 위해서라면 몸의 불편함쯤은 참아야 한다고 생각했어요. 폼 나는 패션이 활동의 자유보다 우선순위에 있었던 것 같아요.

"옷은 입을수록 가벼워지고 신발은 신을수록 편안해야 합니다."

어릴 적에 갖고 놀던 마론 인형처럼 '완벽한 세팅'을 추구했던 마음은 오래 가지 못했습니다. 옷에 치장과 장식이 많아질수록 감수해야 할 불편이 커지더라고요. 실습이나 야간작업이 많아질수록 거추장스럽고 화려한 옷 대신에 편안한 옷에 더 자주 손이 갔습니다.

그리고 머리부터 발끝까지 구색을 갖춰야 멋스러운 옷은 멀어지기 시작했습니다. 현재 있는 그대로의 내 모습을 더 멋지게 만들어 주는 '친근한 옷'이 좋아지기 시작했습니다. 일부러 애쓴 티가 나지 않으면서도 '자연스러운 멋'을 느낄 수 있는 옷이 '진정한 패션'이라는 나름의 소신도 생겼죠.

저를 스쳐 간 수많은 옷과 신발을 통해 배운 '패션의 기본'은 '편안함'과 '친숙함'인 것 같아요. 오랜 친구처럼 '정이 가는 옷'이란 입는 순간부터 가볍게 몸을 감싸는 '포근함'이 느껴져요. 마치 처음부터 제 것이었던 것 같은 '자연스러움'을 선물합니다.

벌써 마흔을 훌쩍 넘긴 아줌마가 됐지만, 여전히 편안하고 친숙한 옷을 더욱 사랑합니다. 몸을 구속하지 않으면서 동시에 여자의 선과 라인을 멋지게 표현해 주는 옷은 질리지 않아요. 오히려 입을수록 애착이 가서 오래 즐겨 입게 되죠.

'유니콘 벨르제이'도 '오래 입고 싶은 아름다움'+'정이 담긴 옷'을 지향합니다. 누구나 부담 없이 입을 수 있고 계절이 바뀌고 여러 해가 바뀌어도 변하지 않는 옷 말입니다. 어디서나 여자만을 위한 제 확신이 들어간 '진정한 현실 패션'을 소개하고 싶습니다.

간절하게 원하고 최선을 다해 노력하면 결국 "꿈은 이루어진다."라고 하잖아요. 여러분과 편안하고 아름다운 스타일로 소통하고 싶습니다. 그 옷을 상상하고 만드는 미래를 '꿈'꿔 봅니다.

SNS 해시태그,
#옷만드는女子 #의류제작벨르제이

"깐깐한 디자인과 정확한 제작."

"엄마의 꿈은 가정을 향하지만, 여자의 꿈은 아름다움을 향합니다."

SNS는 '세상을 축약해 놓은 작은 미니 드라마' 같습니다. 하나의 계정이 하나의 작은 세상이고 그 안에 담긴 피드를 통해 삶을 이야기합니다. 일상부터 일과 취미, 사랑과 미움까지 SNS 안에는 세상의 다양한 면면이 모두 담겨 있어요. 그리고 사람들은 스스럼없이 관심을 표현하고 힘을 실어 줍니다. 제가 SNS에 푹 빠지게 된 이유가 바로 이 '삶의 향기', 그러니까 '사람 냄새' 때문인 것 같습니다.

결혼 후 아이를 낳고 현실에 쫓기듯 살았습니다. '출근과 퇴근, 육퇴 후 휴식'이라는 전쟁 같은 루틴도 시간이 흐르니 적응이 되더라고요. 마음에 여유가 생기자 생각이 많아졌어요. '이렇게 매일 같은 일상을 반복하다 늘어 가는 것이 삶인가?' 하는 질문을 자주 하게 되더군요. 제 '인생의 시계'가 멈춘 것 같았고 갑자기 늙어 버린 것 같은 우울감이 찾아왔어요.

그때 우연히 SNS를 시작했습니다. 여러 피드를 통해 세상 돌아가는 이야기도 알게 되고 저 같은 '아들맘'들과 댓글로 이야기를 나누는 재미에 푹 빠져 지냈어요. 누군가 나의 일상을 관심 있게 봐 주고 나와 비슷한 고민을 하고 내 생각에 공감해 준다는 자체가 그냥 힘이 됐어요.

"동기에 대한 최대의 혜택은 더 많은 일을 할 수 있는 기회다."

점점 희미해져 가는 저의 존재감에 대한 고민도 SNS를 통해 얻은 용기로 해결했어요. 제가 좋아하고 잘하는 일을 열심히 하는 것이 '인생의 행복'이라는 확신이 생겼거든요. '여자'로 살고자 시작한 도전은 더 많은 일을 할 수 있는 기회로 이어졌습니다. 육아맘에서 운동하는 여자로, 뷰티 크리에이터로, 이제는 옷 만드는 여자 '유니콘 벨르제이'로 변신을 꿈꿉니다.

SNS를 하다 보면 피드에 '#'과 함께 해시태그를 달잖아요. '육아일상', '아들맘'으로 시작한 제 해시태그에 '옷만드는여자', '자체제작의류'라는 단어가 추가된다고 상상하면 아직도 가슴이 벅차요. 다년간 블로그 마켓을 통해 의류를 다뤄왔지만, '유니콘 벨르제이' 이름을 걸고 제작한 의류를 소개하는 건 이번이 처음이잖아요. 그만큼 책임감을 느끼게 되더라고요.

옷 디자인부터 의류 제작, 생산까지 참여하는 과정은 똑같지만, 제 마음가짐이 조금 많이 달라진 것 같습니다. '합리적인 가격의 좋은 옷'으로 만족했던 저의 이름을 대신할 '내 피붙이'라는 생각이 드는 건 왜일까요?

"현실이 꿈을 따라가지 못한다면, 꿈이 현실을 따라가면 된다."

저는 '제 피붙이'를 통해 '여자의 삶과 인생'을 생각합니다. 아내이자 엄마, 직장인으로 살아가는 여자들에게 필요한 것이 무엇인지 고민합니다.

자연스럽게 엄마의 손길이 주는 '다정하고 따뜻한 온기'를 느낄 수 있는 정감 있는 옷을 먼저 생각하게 됩니다. 그리고 아줌마의 내면에 살아있는 여자를 끌어내는 스타일을 그립니다. 그 옷의 마지막에는 여자 인생의 희로애락을 함께 나누며 살아가고 있는 친구 벨르제이의 '단단한 우정'도 담아 보려 합니다.

여자는 언제나 핑크빛 인생을 꿈꾸지만, 현실은 회색에 가깝습니다. 웃을 일이 있어서 웃는 게 아니라 그래도 웃어야 웃을 일도 생긴다고 생각합니다. 장밋빛 현실을 사는 것처럼 일하고, 생각하고, 꿈을 꿔 보렵니다. 상상에 불과한 핑크빛 인생이지만, 시간이 쌓이다 보면 저의 작은 꿈(세상)에도 아름다운 꽃 한 송이는 피어 있겠죠.

"웃을 일이 있어서 웃는 게 아니라
그래도 웃어야 웃을 일도 생긴다고 생각합니다."

아줌마를 위한 아줌마의 '패션', 무명배우의 마음으로 전하는 '마음'

"자기 인생에 남는 역사적인 사건은
의외로 평범한 일상에서 비롯됩니다."

저는 꿈꾸는 40대 아줌마로 살고 있습니다. '유니콘 벨르제이'라는 이름을 갖고 옷을 준비 중입니다. 몸은 더 바빠졌지만, '현실 아줌마로 살고 있는 현실의 일상은 변함이 없습니다.

온종일 피드 촬영과 답글 달기, 사무실 일을 하고 새로운 아이디어와 디자인을 고민하다 보면 하루가 금방 끝나 버립니다. 그렇게 일을 마치면 녹초가 되어 집에 돌아와 대충 씻고 곯아떨어지는 날이 부지기수예요. 마음은 20대지만, 세월이 주는 체력적인 한계는 어쩔 수 없나 봅니다.

"꿈은 '혼자' 키우고 '함께' 의지하며 현실이 된다."

두 배로 바쁜 일상을 지탱하느라 몸은 힘들고 지치기도 합니다. 하지만 유니콘 벨르제이 디자인을 하다 보면 설레는 마음을 감출 길이 없습니다. '세월이 흘러도 변함없이 정이 가는 여자의 옷을 만들고 싶은 제 꿈이 마흔의 중턱에서 드디어 준비를 마쳐 갑니다.

아마 사랑하는 가족과 여러분들의 따뜻한 응원이 없었다면 불가능한 일이었을 겁니다. 요즘 애청하는 드라마 〈사랑의 불시착〉 OST 〈내 마음의 사진〉이라는 노래의 가사처럼 시린 겨울에도 어두운 밤에도 '함께 있음'에 힘이 나고 위안이 될 수 있었던 것 같습니다.

저 혼자였다면 시도할 용기조차 갖지 못했을 일들을 인생의 동반자 같은 여러분들의 '성원과 인연'에 힘입어 견뎌 왔네요. 저에게 '유니콘 벨르제이'가 가슴 뭉클한 감동으로 와닿는 이유도 주위 분들의 '관심과 사랑' 속에서 자라난 '꿈'이었기 때문일 것입니다.

진정한 성공은 '기쁨'을 함께 나누는 순간 '완성'된다고 생각합니다. 다시 초심으로 돌아간 제 마음이 담긴 '유니콘 벨르제이'도 이제 막바지 단계에 다다랐습니다. '옷 좀 차려입었던' 젊은 시절의 향수에 젖어서 더욱 매달렸습니다. 옷 한 벌에 담고 싶은 아줌마의 '그 마음'이 참 많았기 때문이었나 봅니다.

저를 걸고 시작하는 일인 만큼, 저 같은 아줌마라면 누구나 좋아할 만한 '조금 더 예쁘고', '조금 더 실용적인' 옷을 소개하고 싶은 욕망과 욕심이 가장 앞섰고요. 특히 시간이 흘러도 변하지 않는, 아니 세월이 흐를수록 더 빛나는 가치가 느껴지는 옷 말입니다. 촌스러움조차 잊은 '오래된 친구' 같은 옷을 꼭 만들어서 보여 드리고 싶었습니다.

저는 매달 오직 2~4가지의 의류 아이템만 엄선하여 소량 제작할 예정이에요. '양보다 질'을 우선하고픈 '아줌마의 깐깐함'이라고 설명하고 싶네요. 그리고 매달 새롭게 출시되는 옷은 이윤을 따지지 않으려고 합니다.

상시 판매가에 비해 저렴한 가격에 선보일 예정이에요. 마치 행복 나눔 이벤트 같은 선물을 하고 싶어요. 저의 소망을 담아서 상시 판매는 빠르면 가을쯤으로 생각하고 있어요.

"시간은 멈추지 않지만,
행복했던 추억은 언제나 그 자리에 남아 있습니다."

1년에 걸쳐 순차적으로 선보일 약 20~40가지 이내의 의류 아이템이 제 작은 '꿈'이고 '행복'입니다. 앞으로 선보일 유니콘 벨르제이는 단순히 '파는 옷'이 아니라 살면서 제가 여러분에게 받았던 '따뜻한 정'을 보답하는 저의 '마음'과 '정성'이 될 것 같습니다.

고작해야 40대 아줌마가 만든 소박한 옷이지만, 그 옷을 대하는 저의 마음은 특별했습니다. 조금 거창하지만, 마음만큼은 '처음 무대에 오르는 신인의 초심'과 '유명 디자이너님의 장인정신'에 뒤지지 않았다고 생각합니다.

너무 편하고 변함이 없어서 10년 넘게 갖고 있는 옷이 누구나 하나쯤은 있죠. 저는 이렇게 세월이 흐를수록 가치를 더하는 것들이 '진정한 명품'이라고 생각합니다. 제가 선보일 유니콘 벨르제이 역시 10년 후에 더 소장 가치가 있는 '진정한 명품'이 되길 소원합니다. 단 하나를 만들어도 '진짜'로 다가가고 싶습니다.

저는 한 아이의 엄마이자 불혹을 훌쩍 넘긴 '조연' 같은 아줌마입니다. 저는 부끄러운 얘기지만 꿈을 꾸는 제 마음 앞에서는 저도 모르게 '주인공'이 되고 맙니다. "나 슬퍼서 아냐, 행복해서 울죠.", "당신의 품 안에선 나는 주연배우"라는 〈무명배우〉의 노래 가사처럼 말이죠.

그리고 이제 저는 다시 '무명배우'의 자세로 돌아가 아줌마 '유니콘 벨르제이'와 함께하는 모든 분이 '주연배우'로 살아갈 아름다운 저만의 꿈을 꾸겠습니다.

"단 하나를
만들어도
'진짜'로
다가가고
싶습니다."

패션의 시작은
'정리'와 '비움'

"목표가 있는 삶을 위해서 먼저 해야 할 일은 '정리 정돈'이다."

얼마 전 우여곡절 끝에 이사를 마쳤습니다. 새 보금자리가 될 집의 입주가 늦어져 살던 집을 먼저 비웠습니다. 덕분에 지낼 곳이 없어서 일정에 없던 여행까지 다녀왔네요. 시간에 쫓겨 살다 보니 이런 웃지 못할 해프닝도 경험합니다.

짐 정리를 하다 보니 '생각보다 많은 것들을 가지고 살았구나' 싶습니다. 아까워서 버리지 못하고 쌓아 둔 살림이 수두룩하네요. 이번 이사를 계기로 안 쓰는 물건을 처분하고 보니 묵은 체증이 가시는 듯 속이 시원했습니다.

잘 정돈된 공간과 환경은 집중력과 안정감을 높여 준다고 합니다. 그래서 무엇을 하든 청소와 정리 정돈이 첫 번째 순서가 되나 봅니다. 안 쓰는 물건은 버리고 필요한 물건은 찾기 쉬운 곳에 정리해 두는 일종의 '정리 의식'은 우리의 마음가짐까지 차분히 진정 시켜 주는 것 같습니다.

이사가 아니더라도 봄맞이 대청소와 집 정리를 계획하시는 분들이 많을 것 같습니다. 올봄에는 옷장 속에 쌓아 뒀던 묵은 옷들도 함께 정리하는 시간을 가져도 좋겠다는 생각을 더해 봅니다.

"삶을 지탱 시켜 주는 '꿈'과 '희망'이 존재하듯,
여자의 옷장에도 '규칙'과 '배열'이 필요합니다."

'항상 새 옷을 사지만, 늘 입을 옷이 없다.'

이런 여자들의 고민을 해결하기 위한 첫 단계가 바로 '옷 정리'인 것 같습니다.

오래 입지 않는 옷은 버리고 자주 입는 옷은 찾기 쉽게 정돈해 두는 겁니다. 바지는 바지끼리, 셔츠는 셔츠끼리, 원피스는 원피스끼리 모아서 보관하면 필요한 순간에 찾기가 쉽죠. 옷이 좀 많은 경우에는 컬러나 소재별로 옷을 배열해 주면 옷 관리가 더욱 쉬워집니다.

주기적인 옷 정리 습관은 여러 장점이 있습니다. 우선 내가 가지고 있는 옷이 무엇인지 쉽게 파악할 수 있습니다. 따라서 외출 준비에 소모되는 시간을 줄일 수 있습니다. 더불어 비슷한 스타일의 옷을 두 번 사는 실수도 줄일 수 있습니다. 또한, 가지고 있는 옷에 어울리는 아이템 위주로 쇼핑 계획을 세울 수 있어서 '합리적인 소비'까지 도와줍니다.

무엇보다 좋은 점은 '나의 취향'을 파악할 수 있다는 거예요. 디자이너 앙드레김 선생님이 공식 석상에서 화이트 룩을 즐겨 입었던 것처럼, 누구나 '자기만의 스타일'과 '취향'이 존재합니다. 큰맘 먹고 옷장을 비우고 옷을 정리하다 보면 자신의 패션 스타일을 쉽게 파악할 수 있을 거예요. 그럼 나에게 어울리는 옷, 내가 좋아하는 옷을 응용한 여러 가지 스타일을 더 다양하게 입을 수도 있어요.

마지막은 넉넉한 수납공간을 확보할 수 있다는 겁니다. 옷도 유통기한이 있다는 사실을 알고 계시나요? 아무리 훌륭한 옷도 저마다 '수명'이 정해져 있습니다. 세월 앞에서는 옷도 늙어서 옷감이 낡고 삭는 것은 물론이고 숨이 죽어서 원래 형태를 유지하지 못하는 경우도 많아요.

새로 산 옷은 아낌없이 입고 수년째 손이 가지 않는 옷은 미련 없이 버리는 용기도 필요합니다. 그래야 수납공간도 여유가 생기고 당장 입는 옷도 말끔하게 보관할 수 있습니다. 당장 보면 '비움'이 '낭비' 같지만, 길게 보면 현명한 '관리' 노하우가 바로 '비우는 일'인 것 같네요.

물론 아까워서 버리지 못하고 쌓아 두게 되는 것이 '주부의 마음'이라는 점은 너무 잘 알아요. 저도 무언가를 버리는 일이 아직 쉽지 않습니다. 제가 유니콘 벨르제이를 통해 '오래 입어도 변하지 않는 옷', '입을수록 편안한 옷'을 소망하는 것도 '버리지 못하는 아줌마 근성' 때문이거든요.

그렇지만 변화가 없으면 발전도 없다고 하잖아요. 저는 1년에 한 번은 과감하게 옷을 정리

합니다. 입지 않는 옷은 버리고 자주 입는 옷은 찾기 쉽고 입기 쉽게 보관합니다. 특히 자주 입는 편한 옷들은 꺼내기 쉽게 잘 넣어 두죠.

패션의 시작은 '진정한 자기 스타일'을 아는 것에서부터 시작한다고 해요. 나의 스타일을 이해하는 데 옷장 정리보다 좋은 공부는 없습니다. 올해의 봄맞이 대청소는 '옷장 정리'부터 시작해 보는 것은 어떨까요?

<벨르제이 김혜정의 옷장 정리 Tip>

① 서랍장과 옷장에 담긴 옷을 다 꺼낸다.
② 몇 년 동안 입지 않은 옷은 모아서 버린다.
③ 운동복, 수영복, 겨울 패딩 등 당장 사용하지 않는 시즌 아이템은 상자나 의류 케이스에 담아서 따로 보관한다.
④ 일상복으로 자주 입는 옷은 꺼내기 쉽고 잘 보이는 위치에 용도별, 컬러별, 소재별로 분류해 정리 정돈한다.
⑤ 자주 사용하는 가방, 벨트, 모자 등의 패션잡화는 옷장과 가까운 선반에 진열해 둔다.

'나를 표현하고 싶다', 여자의 또 다른 언어 '패션'

"여자의 매력은 표정과 몸짓에서 비롯되고,
여자의 내면은 그녀의 입과 행동을 통해 드러나며,
여자의 오늘은 메이크업과 패션으로 표현됩니다."

여자는 '감정의 동물'이라고 합니다. 날씨와 계절에 반응하고 감정의 폭이 넓고 깊은 만큼 자주 감상적이죠.

이렇게 변화하는 여자의 마음을 흔히 '갈대'에 비유합니다. 실제로 여자의 기분은 하루에도 여러 번 바뀌고 그 예민한 마음을 누군가 알고 보듬어 주길 바라는 것 같기도 해요. 우리는 다양한 방식으로 자신을 표현하며 살아갑니다.

가족과 친구들의 공감과 관심 속에서 보낸 20대는 제가 인생의 주인공이라고 생각하면서 살았습니다. 하지만 결혼하고 가족을 챙기는 주부로 살다 보니 삶이 바빠 점점 나를 표현하는 일에서 멀어지게 됐습니다.

그렇게 점점 사람들의 관심 밖으로 잊혀 가는 제 모습이 가끔은 외롭고 서럽게 느껴지기도 합니다. 이런 순간에 옷은 저를 표현하는 위로의 수단이 되어 줬습니다.

한 벌의 옷은 저를 멋진 커리어 우먼으로, 때론 사랑스러운 소녀로, 우아한 40대 주부로 변신케 해 줍니다. 또한 '오늘의 기분'까지 헤아려 주는 좋은 친구이기도 합니다.

"확실한 '룩'은 백 마디 말보다 확실한 메시지가 된다."

저는 울적하고 기운이 없는 날은 밝은 색상의 옷을 선택합니다. 노랑, 빨강, 파랑 등의 원색 컬러는 밝고 긍정적인 기운을 불어넣어 줘요. 특히 품이 넉넉한 니트나 티셔츠에 레깅스 패션은 평소보다 더 활기차고, 씩씩하게 걷고 싶어지게 만드는 힘이 있어요.

평소보다 차분하고 싶은 날은 여성스러운 롱 원피스나 롱스커트를 입습니다. 넉넉한 길이감이 넓은 보폭으로 걷기에 좋은 반면에 걸을 때마다 다리에 감기는 치맛단의 감촉이 조급한 마음을 차분하게 가라앉혀 줍니다. 블랙이나 그레이, 아이보리 같은 단정한 색상을 선택하면 시각적으로도 안정감을 얻을 수 있어서 일할 때 자주 애용해요.

바쁘게 움직이고 싶은 날은 '청바지'를 입습니다. 바지통이 넉넉한 일자바지부터 몸에 밀착되는 스키니까지 뭐든 상관없어요. 저에게 청바지는 10대부터 저와 함께해 온 '오래된 친구' 같아서 언제, 어떻게 입어도 편하고 멋스럽거든요.

특별한 이벤트가 있는 날은 평소에 입지 못하는 과감한 스타일에 도전해 봅니다. 화려하게 징이 박힌 가죽 재킷이나 비즈 장식이 화려한 원피스, 몸의 실루엣을 과감히 드러낸 드레스에 높은 하이힐을 신고 풀 메이크업을 해요. 그럼 '영화 속 여주인공'이라도 된 듯, 없던 자신감이 생겨납니다.

이 밖에도 힐링이 필요한 날은 박스 티셔츠에 짧은 반바지를, 어려 보이고 싶은 날은 귀여운 맨투맨 티셔츠나 멜빵바지를 꺼내 듭니다. 이렇게 패션은 자신을 표현하는 '시각적 언어'이자 훌륭한 기분 전환 도구인 것 같습니다.

> "웃음을 담은 얼굴은 보석과 같다.
> 긍정의 힘으로 살아가는 여자는 늙지 않는다."

옷은 단순히 '입는 것'이 아니라 '연출하는 것'이라고 말하고 싶습니다. 내 마음을 알아주는 스타일로 하루를 시작하는 일상은 생각보다 유쾌하고 즐겁습니다.

긍정적인 생각은 또 다른 긍정적인 사건을 불러온다고 합니다. 끝없이 반복되는 현실을 살며 무기력함을 느낀다면 지금 옷장을 열어 보세요. 그리고 오늘의 기분에 어울리는 '멋진 스타일'로 '긍정의 기운'을 불어넣어 보시길 바랍니다.

"내 마음을 알아주는 스타일로

하루를 시작하는 일상은

생각보다 유쾌하고 즐겁습니다."

스타일? 편안함 뒤에 감춰진
'궁극의 우아함'이 포인트!

"여자의 '오늘'은 여자의 '평생'이 된다."

SNS를 하다 보면 #오늘의의상'이라는 태그를 자주 발견합니다. 평범한 일상을 함께하는 편안한 스타일을 엿볼 수 있어서 관심을 두고 살펴보곤 합니다.

그리고 '오늘의 의상'이라는 짧은 말에 함축된 다양한 의미를 생각해 봅니다. 무척 일상적이고 가벼운 표현이지만, 절대 가볍지 않게 다가옵니다. 거울 앞에 서서 옷 한 벌을 스타일링하는 여자의 수많은 고민을 너무 잘 알고 있기 때문입니다.

"오늘은 어떤 옷을 입을까?"

일상 중 무심코 내뱉는 이 한마디 안에는 수많은 고민이 담겨 있습니다. 계절과 날씨, 장소와 상황, 자신에게 어울리는 컬러와 그날의 기분까지. 섬세한 여자의 마음은 늘 많은 것들을 따지게 됩니다. 아무리 대충 입은 것 같은 '단순한 옷'도 사실은 고심 끝에 어렵사리 선택한 '오늘의 의상'인 경우가 많아요.

매일 입는 옷이지만 매 순간 고민하게 되는 '스타일'이란 무엇일까요? 저는 '스타일에 모범 답안은 없다'라고 생각합니다. 물론 나름의 소신은 가지고 있습니다. 제가 생각하는 멋진 스타일은 단순합니다.

끊임없이 변화하는 유행 속에서 변함없이 입을 수 있는 옷, 그리하여 그 스타일이 나의 개성을 드러내 주는 옷, 정이 가고 예쁜 그 옷이 '멋진 스타일'이라고 생각해요.

저는 어떤 룩을 입든 '여자가 가진 궁극의 우아함'을 잃지 않았으면 합니다. 세상에 비싸고 예쁜 옷은 많아요. 다만 그 옷을 자기 옷처럼 소화할 수 있는 사람은 그리 많지 않죠. 아무리 멋진 옷도 남의 옷처럼 어색하다면 자신의 자연스러운 아름다움은 물론이고 옷의 가치마저 떨어뜨리게 됩니다.

잘 입은 룩은 '비싼 옷'이 아니라 '자연스러움'과 '편안함'을 느낄 수 있는 '좋은 옷'인 것 같습니다. 여기에 트렌디한 감성을 더하면 그것이 '스타일리시'가 되는 것이 아닐까요?

요즘 트렌드인 '꾸안꾸(꾸민 듯 안 꾸민 듯 자연스러운)'는 편안하고 우아한 스타일을 연출하는 데 중요한 포인트라 할 수 있습니다. 흰 티에 청바지, 기본 셔츠에 롱스커트처럼 심플하게 입는 것이 때론 더 멋져 보이는 것처럼요.

빅토리아 베컴이 즐겨 입는 '화이트 셔츠와 블랙 팬츠' 패션이 좋은 예가 될 수 있겠네요. 누구나 하나쯤은 가지고 있을 법한 아이템으로 연출한 단순한 패션이지만, 우아하고 시크한 패션 사업가의 카리스마를 느낄 수 있잖아요.

"멋진 스타일을 결정짓는 요소는 '옷' 자체가 아닙니다.
그 옷을 입은 여자의 '마음의 당당함'이 스타일의 성패를 결정합니다."

패션 앞에서 우리는 나이를 잊어도 좋습니다. 저는 샤넬의 핑크 트위드 원피스를 멋지게 소화하는 60대의 당참과 당당함을 배우려고 노력하는 편입니다. '워너비'가 되는 스타일은 '어떻게 입었냐'가 아니라 '얼마나 멋지게 소화했느냐'가 더 중요한 것 같아요.

저는 40대지만, 여전히 20대의 감성으로 전 세대의 스타일리시를 표현하고 싶습니다. 오늘의 나를 더 매력적으로 믹스 앤 매치해 표현할 수 있다면 장르나 유행에 연연하지 않고 시도합니다. 그렇게 매일 자신을 알아가며 '나만의 스타일'을 추구해 갑니다. 언제, 어디서, 어떤 옷을 입든 내 안의 만족인 '우아함'을 잃지 말자는 아줌마의 마음에서 말입니다.

진정한 아름다움은 자신을 사랑하는 데서 비롯한다고 합니다. 어떤 스타일이든 괜찮습니다. 내 눈에 멋진 룩이라면 조금 과감하게 표현해 보세요. 조금 더 당당하게 보여 주세요. 자신감과 당당함은 나에 대한 만족입니다. 저는 아직 이보다 아름다운 옷은 없다고 생각하는 혜정입니다.

"매일 자신을 알아가며 '나만의 스타일'을 추구해 갑니다."

내추럴한 女子,
'진정한 스타일은 자연스러움에서 비롯된다'

"인생을 긍정적으로 보고, 단순하게 생각하고, 청결하게 먹고,
가볍게 바르고, 편안하게 입는 여자는 쉽게 늙지 않는다."

일하는 기쁨으로 사는 아줌마에게도 가끔은 휴식이 필요합니다. 제가 좋아서 하는 일이라 남는 시간은 거의 가족에게 할애하지만, 한 번씩은 저를 위한 선물을 사러 갑니다.

아줌마의 스트레스 해소에는 '아이쇼핑'만큼 좋은 게 없죠. 갖고 싶었던 물건을 사는 것도 좋지만, 백화점이나 쇼핑몰을 다니며 구경하고 먹는 자체가 더 힐링이 되는 것 같아요. 대부분 남편과 아이 물건만 사 들고 돌아오는 날이 많지만, 기분은 한껏 좋아집니다.

작정하고 제 옷이나 물건을 사는 날은 정말 신중하게 쇼핑을 해요. 주부로 10년 가까이 살다 보니 나를 위해 뭔가 산다는 게 조금 익숙지 않네요. 그나마 오래 쓸 수 있는 가성비 좋은 아이템을 사면 좀 덜 미안한 기분이 들까 싶어 고민을 많이 하는 편입니다.

특히 옷은 까탈스럽게 살펴보고 사는 편이에요. 몸에 직접 착용하는 옷은 사이즈나 디자인이 조금만 차이가 나도 전혀 다른 느낌이 나거든요. 언뜻 보면 비슷한 옷도 막상 입으면 전혀 다른 옷이 되는 경험이 한 번쯤은 있잖아요.

"패션은 좋은 이미지를 만드는 작업입니다.
청결함과 단정함은 '자연스러운 상태'를 말합니다."

저는 나이를 먹을수록 단순하고 심플한 옷에 손이 갑니다. 일상복으로 자주 입고 오래 입을 옷은 단조로운 컬러의 심플한 디자인이 좋아요. 어디에나 매치하기 쉽고 유행에 상관없이 기분 좋게 입을 수 있거든요. 여기에 견고한 소재까지 갖춰진 옷은 10년이 지나도 한결같은 멋이 있어 더욱 애정이 갑니다.

장식이 많고 디테일이 화려한 옷이 '철새' 같은 운치가 있다면 단순한 옷은 '텃새' 같은 은근함이 매력인 것 같습니다. 저는 '텃새'인가 봐요. 어릴 때는 '철새'였던 것 같아요.

옷은 디자인이 화려해질수록 기분 전환은 확실하지만, 유통기한은 짧아져요. 몇 번 입으면 쉽게 질리고 심지어 몇 달이 지나 유행이 바뀌면 또 잘 입지 않게 되잖아요.

반면 무지 티셔츠나 기본 블랙 원피스처럼 베이직한 아이템은 '확' 시선을 끄는 멋은 없지만 다양한 룩에 조미료처럼 자주 쓰입니다. 개성이 덜한 만큼 유행에 덜 민감하고 단정한 느낌을 줘 어디서든 자연스럽게 어울리죠. 일하고 살림하고 아이를 키우는 우리 같은 주부들에게는 적재적소의 아이템이라 할 수 있습니다.

"여자의 패션도 '과유불급'의 원칙이 통합니다."

무조건 화려하게 과감하게 입는 것이 '멋진 패션'은 아닙니다. 몸에 걸치는 아이템이 늘수록 더 많은 아이디어와 감각이 필요해요. 매일 패션을 연구하는 일상을 살면 좋겠지만 저 같은 아줌마의 현실은 오늘 입을 옷만 고민하며 살게 놔두질 않잖아요.

저도 무턱대고 욕심을 부려 '투 머치'에 도전했다가 실패한 경험이 적지 않아요. 스타일링에 쏟을 충분한 시간과 여유가 생기지 않았고 어설프게 입으면 그야말로 '거지(어울리지 않는) 패션'이 되더라고요. 산만하고 과도한 스타일보다는 심플한 스타일이 오히려 자연스럽다는 사실을 배웠네요.

여자를 여자답게 만들어 주는 '자연스러움'보다 훌륭한 스타일이 또 있을까요? 현실적으로 늘 시간에 쫓기는 일상을 사는 워킹맘에게는 '쉽게' 입고 '자연스럽게' 소화할 수 있는 '편안한 옷'이 더 좋은 옷인 것 같아요. 그리고 그 편안함 속에서 자연스럽게 우러나는 '청결함'과 '단순함'이 저의 분위기가 되고 오늘의 '보이는 이미지'가 되길 희망해 봅니다.

언제나 '감동'을 주는
'타임리스' 아이템

"'영원한 젊음'은 신기루 같은 '꿈'이지만,
'평생의 아름다움'은 쟁취할 수 있는 '권리'다."

아름다운 것을 마주하면 왠지 행복한 기분이 듭니다. 이유는 알 수 없지만, 눈을 떼지 못하고 활짝 웃는 저 자신을 발견합니다.

'아름다움'을 향한 욕구는 여자의 자연스러운 본능인 것 같아요. 갓난아기도 예쁜 인형과 예쁜 사람들을 좋아한다고 하죠. 우리는 '아름다움'이 주는 조화와 균형을 통해 안정감과 행복감을 느끼는 것 같습니다.

아이의 미소, 활짝 핀 꽃, 멋진 구두와 가방, 나이 들어도 잘생기고 예쁜 연예인까지, 저를 미소 짓게 하는 세상의 아름다움은 무수히 많이 존재합니다. 그중에서도 여자를 아름답게 만들어 주는 '옷'은 언제 보아도 반갑고 설렙니다. 멋진 옷은 곧 '멋진 나'를 상상하고 꿈꾸게 하는 좋은 소재가 되거든요.

예쁘게 치장하고 싶은 여자의 마음은 결혼 전보다 40대 중반이 된 지금 더 강합니다. 어떤 옷을 입든 나이보다 어려 보이고 싶고, 실제보다 크고 날씬해 보였으면 좋겠어요. 또 '우아하고 세련된 여자로 비춰지길 원하고, 아줌마를 절대 부정하진 않지만 '아줌마 같지 않은 아줌마'로 나이 들길 바라게 됩니다.

그래서 저는 옷의 '소장 가치'를 꼼꼼히 따집니다. 한 번 입고 버릴 일회성 아이템은 선뜻 마음이 가질 않아요. 아가씨 때처럼 옷을 자주 사지도 않을뿐더러 여러 옷을 번갈아 가며 입을 시간적 여유도 없어서 그런 것 같아요.

"세월 앞에 변치 않는 '멋'을 지닌 '가치 있는 것'들을
우리는 '명품'이라고 한다."

이제는 '하나를 사더라도 확실한 것을 선택하자!'라는 생각으로 옷을 고릅니다. 디자인은 무난한지, 튼튼한 소재로 만들어졌는지, 몸에 편안하게 잘 맞는지를 꼼꼼히 따져보고 수십 번 고민하고 이리저리 비교합니다.

그렇게 심사숙고 끝에 선택한 옷은 언제나 '감동'으로 기억됩니다. 언제 입어도 편안하고 어디에 매치해도 자연스럽게 어울려 안심하고 착용할 수 있어요. 정말 잘 고른 옷은 함께 늙어 가는 친구처럼 5년이고, 10년이고 일상을 함께합니다.

저는 이렇게 '잘 고른 옷'을 우리의 명품이라고 말하고 싶습니다. 흔히 오래된 역사와 기술을 가진 브랜드의 제품을 '명품'이라고 하죠. 요즘은 '명품' 하면 '비싼 물건'이라고 생각하는 분들이 많지만, 진정한 의미는 '잘 만든 물건'이잖아요.

제 옷장도 '진짜 명품'이 가득합니다. 대학 시절부터 즐겨 입은 청바지, 엄마가 물려준 명품 토트백, 입사하고 첫 월급으로 산 블랙 원피스, 홈캉스 전용 트레이닝복까지 다양해요. 오랜 추억이 담긴 이 아이템들은 가격도, 브랜드도 모두 제각각이지만 변함없이 예쁘고 편하다는 공통점을 가지고 있어요. 가성비와 실용성은 물론이고 혜정의 감정의 손때 묻은 추억까지 담겨 있으니 제겐 소중한 '보물'이 따로 없습니다.

저는 이런 옷들을 '타임리스 아이템'이라고 부릅니다. 이젠 다시 구할 수도 없으니 '벨르제이 한정판 스페셜 에디션'이라고 할 수도 있겠네요. 빠르게 변하는 '소비의 시대'를 살다 보니 이렇게 오래 함께할 수 있는 옷들이 더욱 특별하게 다가옵니다. 유니콘 벨르제이는 꿈을 향해 달려가는 여자 김혜정이 입는 전투복입니다.

'이지 룩'의 화룡점정!
무심한 '레이어링'

"행복은 평범한 일상에서 비롯되고
꿈은 단순한 실천에서 이뤄지며
삶은 더 단순한 생각에서 완성된다."

결혼 10년 차 주부지만 저는 아직도 살림이 익숙지 않습니다. 무엇이든 다 잘 해내고 싶은 마음은 굴뚝같지만, '일'과 '가사'라는 두 가지 일을 동시에 잘할 수는 없는 것 같아요. 시간을 쪼개어 활용하다 보니 제 옷조차 대충 입는 날이 많아요. 정말 숨 돌릴 틈도 없이 바쁜 날은 고민 없이 '이지 룩'을 입습니다.

이지 룩은 넉넉하게 여유 있는 옷으로 꾸민 옷차림을 말해요. 대표적인 아이템으로는 기본 스타일의 롱 원피스나 부츠컷 팬츠, 오버핏 티셔츠 등을 들 수 있는데요. 몸을 조이지 않는 단순한 옷으로 편안하게 입을 수 있어 저 같은 '맘'들이 즐겨 입죠.

이런 이지 룩은 무심하게 툭 걸쳐 입은 듯 보이지만, 우아한 여성스러움을 연출해 줍니다. 또한 상의와 하의, 원피스 등 최소한의 아이템만으로도 외출복 느낌을 완성시켜 줘 누구나 무난하게 소화할 수 있습니다.

이지 룩을 활용하는 저만의 스타일링 노하우를 꼽자면 '레이어드'입니다. 쉽게 말해 '겹쳐 입기'인데요. 요즘처럼 추운 날씨에는 스타일과 보온성을 동시에 챙길 수 있어 알아두면 쓸데가 많은 '꿀팁'이라고 말하고 싶네요.

"패션은 '무엇을 입느냐'보다 '어떻게 입느냐'가 더 중요합니다."

롱 원피스는 매년 꾸준히 사랑받고 있는 아이템 중 하나죠. 브이넥 골지 원피스는 쇄골 라인을 살짝 드러내 가녀린 느낌을 주고 몸의 굴곡을 살려 은근한 섹시미를 어필하기 좋습니다. 또한 어깨부터 자연스럽게 떨어지는 실루엣의 면 소재 에이라인 롱 원피스는 해마다 사랑받는 스테디셀러로 손꼽힙니다.

롱 원피스를 입을 때는 신발의 컬러를 옷에 맞추면 룩에 통일감을 줄 수 있습니다. 여기에 큼직한 귀걸이나 목걸이로 포인트를 주면 세련미가 올라가요. 조금 더 욕심을 내고 싶다면 패턴이나 컬러가 가미된 재킷이나 베스트를 위에 겹쳐 입어도 좋습니다.

넉넉한 사이즈의 니트 원피스라면 운동화나 플랫슈즈, 작은 액세서리로 캐주얼한 느낌을 살리고 스포티한 아우터를 입어 보세요. 아우터 특유의 발랄함이 룩에 생기를 실어 줘 조금 더 신경 써서 입은 느낌이 납니다.

몸에 밀착된 실루엣의 골지 소재의 롱 원피스를 입고 싶다면 단순한 컬러를 추천합니다. 특히 블랙 컬러로 통일감을 준 룩은 시크함을 배가시켜 줍니다. 여기에 큼직한 주얼리로 포인트를 주고 화려한 아우터를 겹쳐 입으면 고급스러운 '페미닌 룩'이 완성됩니다.

하얀 도화지 위에서는 어떤 색이든 선명하게 보이는 것처럼 기본에 충실한 옷은 자유자재로 변화합니다. 그 때문에 단순함을 입는 이지 룩은 어디서든 통합니다.

오늘은 편안한 홈웨어로, 내일은 우아한 라운지 웨어로, 또 다른 날은 가벼운 외출복으로! 이지 룩의 매력에 흠뻑 빠져 보시길 바랍니다.

Style Life 19.

선명한 스타일을 위한 제안,
'드레스 코드는 블랙!'

"아름다움의 길을 잃었다면 가장 먼저 '기본'을 선택합니다."

'워킹맘'의 일상은 '반복'의 연속입니다. 아이가 어릴수록, 일이 안정적일수록 생활은 더 단순해집니다. 회사와 집을 오가는 일상을 살다 보면 여자는 더 현실적으로 바뀌어 갑니다.

어렸을 때 좋아했던 옷과 화장품에 대한 관심도 서서히 줄어들었습니다. 또 미적 센스나 감각도 조금씩 무뎌지는 것을 느껴요.

그 때문인지 중요한 행사나 모임이 생기면 가장 먼저 옷차림을 고민하게 됩니다. 대충 입고 대충 살던 아줌마의 마음에도 '오늘만큼은' 특별하고 싶은 강렬한 욕망의 '여자'가 살고 있잖아요. 사람들 앞에서 조금은 더 아름다운 모습을 보여 주고 싶은 마음은 굴뚝같습니다.

하지만 가끔 어떤 옷을 어떻게 입어야 할지 막막한 순간이 찾아오기도 합니다. 번뜩 떠오르는 옷이 없을 때 저는 무조건 '블랙'을 입습니다. 패션의 기본 컬러로 손꼽히는 블랙은 결코 넘치는 법이 없거든요.

특히 블랙은 심플하지만 가볍지 않고 세련미와 고급스러움을 두루 갖추고 있어서 어디에나 무난하게 어울립니다. 또한 어떤 컬러와 매치해도 잘 어울려서 누구나 쉽게 스타일링할 수 있는 색상이기도 해요.

무엇보다 블랙 컬러의 아이템은 다양한 분위기를 지니고 있습니다. 예를 들면 블랙 미니 원피스는 발랄한 사랑스러움과 섹시함을 가지고 있어요. 블랙 팬츠와 블라우스 패션은 깔끔하고 세련돼 비즈니스 룩으로 안성맞춤입니다. 몸에 밀착되는 블랙 롱 드레스는 우아한 여성스러움을 드러내기에 좋은 아이템이죠.

"긴 여운을 주는 멋은
강렬한 인상을 남기는 것입니다."

무엇보다 블랙이 매력적인 이유는 강렬한 인상을 남기기 때문입니다. 패션은 결국 나를 표현하기 위한 수단인 거잖아요.

블랙은 가장 무겁고 어두운 컬러인 만큼, 묵직하고 클래식한 멋이 있어요. 조금만 신경 써서 입어도 고급스럽고 어떤 아이템을 입든 단정하고 차분한 사람이라는 이미지를 안겨 줍니다. 또한 진한 컬러가 피부와 대조를 이뤄 얼굴의 윤곽을 더욱 또렷하고 선명하게 표현해 주는 효과도 얻을 수 있죠.

그뿐만이 아닙니다. 올 블랙 의상이 실제보다 더 날씬해 보이는 효과가 탁월하다는 사실은 너무 잘 알려져 있죠? 섹시한 몸매를 자랑하는 캣우먼의 슈트도 '블랙'이라는 점을 생각해 보세요. 개인적인 생각이지만 시대를 불문하고 여자들이 블랙을 사랑할 수밖에 없는 이유가 바로 이 '체형 보정 효과' 때문이 아닐까 짐작해 봅니다.

패션디자이너 도나 카란은 "블랙은 완전한 색."이라고 말했다고 해요. 40대 주부의 평범한 안목에도 블랙 패션의 매력은 정말 끝이 없습니다. 단순하지만 확실한 스타일을 고민하고 있다면 옷장에 숨겨진 블랙 컬러 아이템을 꺼내 보세요. 어렵지 않게 훌륭한 스타일링에 도움이 될 수 있습니다.

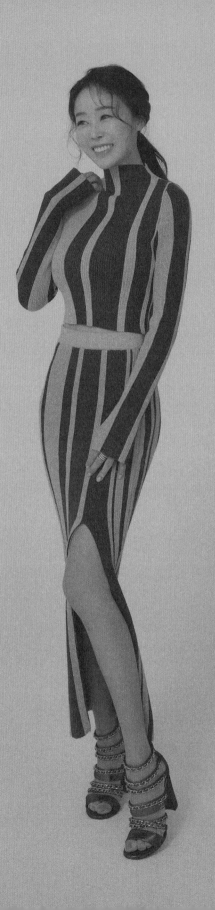

인체의 아름다움을 살려 주는
황금비율 3:7

"아름다움은 전체의 조화 속에서 발견된다.
이상적인 비율은 눈을 즐겁게 하고 마음을 안정시켜 준다."

저는 대부분의 시간을 SNS로 소통하며 보냅니다. 저의 일상을 공유하고 댓글을 통해 대화해요. 글과 사진, 영상으로 소통을 하는 만큼 부담 없이 편안한 제 모습을 보여드릴 수 있어서 '인친'들과 소통하는 시간이 무척 기쁘고 행복합니다.

SNS로 활동해 온 기간이 길어지다 보니 요즘은 마트나 행사장에 가면 가끔 저를 알아보고 인사해 주시는 고마운 분들을 만나기도 합니다. 모바일상에서만 뵙던 분들을 실제로 만난다는 자체가 아직은 너무 신기하고 또 반갑습니다.

이런 날은 제 피드에서도 '깜짝 만남'이 이야깃거리가 됩니다. 실시간 소통이 매력적인 이유가 바로 이런 점인 것 같아요. SNS 속 대화를 통해 짧은 만남의 아쉬움을 달랠 수 있거든요. 실제 만남은 찰나였고 인사는 짤막했지만, 그 여운은 저에게는 오랫동안 지속되는 거죠.

실제로 저를 만난 분들은 의외라는 말씀을 많이 하세요. 피드에서 보던 것보다 수줍음이 많고, 생각보다 몸이 왜소하대요. 맞는 말씀입니다. 저는 낯가림이 심하고, 수줍음이 많으며, 소심한 40대 중반 아줌마예요. 그리고 사진을 찍으면 170㎝같이 보이는 체형을 가진 키 161~163㎝의 여자 사람이기도 합니다.

자랑은 아니지만 저는 사진을 찍으면 실제보다 더 커 보이는 것 같아요. 선천적으로 골격이 작고 선이 얇은 편인데 사진으로 보면 키도 크고 체격도 좋아 보이더라고요. 아마 비율 때문인 것 같습니다.

"여자를 위한 훌륭한 패션은 단순합니다.
인체의 아름다움은 더 강조해 주고 부족한 부분은 감추고 보완해 준다."

저는 어려서부터 몸이 작고 왜소해서 글래머러스하고 늘씬한 체형을 늘 부러워했던 것 같아요. 운동하면서 어깨와 힙, 허벅지 근육도 단련하고 꾸준히 식단조절을 했지만 타고난 체형은 쉽게 바뀌지 않더라고요.

그래서 옷을 입을 때면 비율을 많이 고려합니다. 몸이 가진 콤플렉스는 옷으로 충분히 커버할 수 있어요. 상체와 하체, 어깨와 골반, 허리와 가슴의 비율만 잘 맞아도 몸은 훨씬 예뻐 보이거든요. 모델처럼 '예쁜 몸' 하면 우선 길고 쭉 뻗은 다리를 떠올리죠. 한때 인기였던 '다리가 길어 보이는 학생복'이라는 광고를 기억하시나요? 이 광고에서는 상의와 하의가 3 대 7 비율을 이룰 때 다리가 더 길어 보인다고 했죠.

실제로 상의를 짧고 타이트하게 입으면 상대적으로 다리가 길어 보이는 효과가 있어요. 또 허리 여밈이 배꼽 위로 올라오는 하이웨이스트를 하의로 선택하면 상대적으로 상체가 더 짧아 보여 자연스럽게 '롱다리' 패션이 완성됩니다.

빈약한 가슴과 굴곡 없는 몸도 옷으로 커버할 수 있습니다. 여자의 몸은 '곡선'이 생명이에요. 힙과 가슴 등에 적당한 볼륨감이 있을 때 더 예뻐 보이잖아요. 가슴이 빈약하다면 허리를 잘록하게 강조해 주는 옷이 대안이 될 수 있습니다. 또한, 가슴에 프릴이나 리본 장식이 더해진 티셔츠, 어깨부터 자연스럽게 흘러내리는 주름이 잡힌 블라우스로 상체를 풍성하게 연출해 주는 것도 좋은 방법이에요.

좁은 골반과 납작한 힙이 고민이라면 밑으로 갈수록 넓어지는 에이라인 스커트로 시선을 분산시켜 주거나 골반 부분에 포켓 장식이 포인트로 들어간 아이템으로 힙에 풍성한 느낌을 살려 볼 것을 추천해 드리고 싶네요.

얼굴은 이마와 코, 턱의 비율이 1:1:0.8 비율을 이룰 때 가장 아름답게 느껴진다고 해요. 몸은 상체보다 하체가 더 길어 보일수록, 허리가 잘록할수록 매력적으로 보입니다. 이런 비율의 힘을 이용해 나를 가꾸는 것이 '패션'이 아닐까 싶습니다.

옷을 잘 입는 법은 특별하지 않아요. 조금 더 예쁜 나를 만드는 것이 '스타일링'입니다. 주저하지 말고 지금부터 시작해 보세요.

"조금 더 예쁜 나를 만드는 것이
'스타일링'입니다."

은밀할수록 잔인하다!
노출 패션

"여자의 관능미는 감출수록 가혹하고, 은밀할수록 더 매력적입니다.
최소한의 노출이 답입니다. 상대의 상상력을 자극할 정도면 충분합니다."

40대 중반 주부의 내면에는 수많은 여자가 살고 있습니다. 청바지에 티셔츠가 익숙하고 두툼한 점퍼에 롱스커트가 더 익숙한 아줌마로 지냅니다. 하지만 가끔은 제 안에 감춰진 또 다른 자신을 꺼내 보고 싶은 충동이 일곤 합니다.

그런 날은 마음이 시키는 대로 해요. 옷장을 뒤져서 생각한 분위기에 어울리는 옷을 꺼내 입고 그 옷에 어울리는 헤어와 메이크업까지 정성을 들입니다. 그럴 때면 어린 시절에 인형 놀이를 하던 때가 생각나기도 하고 설렘에 색다른 기분도 느낄 수 있어 기분이 좋아집니다.

옷으로 연출할 수 있는 여자의 매력은 정말 다양하죠. 저도 어느덧 40대 중반이 되었는데도 아직도 그 연출의 매력에 빠져나오지 못하고 있습니다.

아직도 입고 싶은 옷이 많고, 도전해 보지 못한 '스타일'이 많으니까요. 요즘 저의 관심사 중 하나는 '은근히 섹시한 데일리 룩'입니다.

출산 후 몸에 변화가 생긴 뒤로는 '여자로서의 매력'에 대한 자신감이 점점 떨어지더라고요. 홈 케어와 운동을 시작하면서 조금씩 자신감을 회복하고 있지만 무서운 세월이 주는 부담은 어쩔 수 없는 것 같아요.

젊음이 재산이었던 20대에는 핫팬츠나 비키니 수영복만 입어도 스스로 무척 만족스러웠지요.

어린 맘에 과감한 노출 의상도 거리낌 없이 입고 당당하게 거리를 활보하곤 했네요. 하지만 결혼하면서 이런 노출이 조심스러워졌습니다. 누군가의 아내, 한 아이의 엄마라는 '타이틀'이 주는 책임감이 생긴 것 같아요.

> "알면 알수록 매력적인 여자는
> 세상이 정한 형식적인 답안을 벗어나
> 자신의 모습 그대로를
> 진심으로 사랑할 줄 아는 여자라고 생각합니다."

자연스럽게 제 안의 '여자'를 표현하는 방식도 달라졌습니다. 우선 과도한 노출은 삼가되, 몸의 아름다운 굴곡을 드러내 주는 옷으로 승부를 걸기로 했습니다.

요가복이나 레깅스는 몸을 드러내지 않지만 묘한 섹시함을 느낄 수 있잖아요. '운동하는 여자'라는 건강한 이미지와 함께 적나라하게 드러난 몸의 실루엣이 옷 뒤에 감춰진 여자의 몸을 조금은 상상하게 만들기 때문인 것 같아요. "여자는 누군가의 상상 속에서 있을 때 가장 섹시하다."라는 말도 있잖아요.

그래서 저는 20대에 즐겨 입던 핫팬츠 대신 발목이 살짝 드러나는 레깅스를 더 자주 입고 비키니 수영복보다 허리를 더 잘록하게 연출해 주는 모노키니를 선호합니다. 핫팬츠보다 다리가 길어 보이는 9부 팬츠와 살짝 허벅지가 드러나는 언밸런스 롱스커트로 멋을 내기도 합니다.

흔히 '섹시한 패션'이라고 하면 '노출'을 먼저 떠올리기 마련이죠. 하지만 진한 여운을 남기는 관능미는 상상을 자극하는 '최소한의 노출'에서 비롯되는 것 같아요. 살짝 드러난 어깨, 움직임에 맞춰 살짝 보이는 발목, 언뜻 보이는 가녀린 목선처럼요.

여자는 아무리 나이가 들어도 항상 '여자'로 기억되고 싶어 합니다. 살다가 문득 '내 안의 여자'를 표현하고 싶다면 그때 가끔 '유니콘 벨르제이'로 가벼운 노출을 즐겨 보세요. 지친 일상의 작은 활력이 되어 드릴 겁니다.

"진한 여운을 남기는
관능미는
상상을 자극하는
'최소한의 노출'에서
비롯되는 것 같아요."

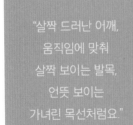

"살짝 드러난 어깨,
움직임에 맞춰
살짝 보이는 발목,
언뜻 보이는
가녀린 목선처럼요."

합리적인 퍼스널 패션,
컬러를 '선택'하고 '집중'하라

> "명품 스타일은 옷이 아니라 옷을 입는 사람에 달려 있습니다.
> 당당한 여자의 자신감이 가장 아름답고 훌륭한 옷입니다."

치열하게 사는 아줌마 패션에는 나름의 공식이 존재합니다. 우선 고민 없이 쉽게 입을 수 있고 망가질 걱정 없이 입을 수 있는 편한 옷이라는 겁니다.

아이가 어렸을 때는 예쁜 옷을 엄두도 못 냈습니다. 첫 육아가 너무 어렵고 힘들고 저를 돌볼 시간이 없었거든요.

한동안은 모유 수유를 위해 비슷한 스타일의 외출복 몇 벌을 유니폼처럼 돌려 입으며 출근했고요. 집에 오면 목이 늘어난 티셔츠를 작업복처럼 입고 생활했습니다. 어쩌다 '자유부인'의 여유가 허락되는 날이면 옷에 관심 많은 제가 정작 입고 나갈 옷이 없어서 속상했던 적도 많았죠.

살림하는 여자들의 옷장을 열어보면 생활만큼이나 단조로운 옷들이 가득 채워져 있음을 발견하게 됩니다. 커피 한 잔이 아쉬운 '육아맘'과 '워킹맘'들의 일상은 다양한 패션을 즐길 여유를 허락하지 않죠.

여자의 자신감은 패션에서 나온다는데 이건 너무하지 않나 싶은 생각이 들 때도 있었어요. 철마다 쇼핑을 해도 상황은 크게 달라지지 않습니다. 모임 전날이면 옷장에 서서 "옷이 있어도 입을 옷이 없다."라고 하소연을 하시던 엄마의 마음을 이젠 이해할 수 있게 됐습니다.

왜 우리는 항상 입을 옷이 없을까요? 혹자는 유행이 빠르게 변해서라고 합니다. 누군가는 나이를 먹은 얼굴에 예전에 입던 옷이 어울리지 않는다고 말합니다. 저도 비슷한 생각을 합니다. 버리긴 아깝고 입고 다니기는 애매한 옷이 정말 많아요. 하지만 입는 옷은 늘 정해져 있고 자세히 보면 다 대부분 비슷한 스타일이에요.

> "여자의 얼굴은 살아온 인생의 '자취'입니다.
> 그리고 여자의 패션은 오늘의 '기분'과 '태도'입니다.
> 얼굴을 살리는 옷차림은 '긍정의 힘'을 불러옵니다."

비슷한 스타일의 옷이 많다는 것은 사실 나쁜 신호는 아닙니다. 알게 모르게 나에게 어울리는 패션이 뭔지 알고 있다는 말이기도 하니까요. 하지만 아무리 한결같은 여자도 가끔은 새로운 스타일의 옷을 입고 싶은 날이 있잖아요. 저는 환한 컬러 아이템도 선호해요. 그런 날은 기분까지도 업된 것 같거든요.

바다색 블루나 프리지아꽃 같은 옐로우, 선홍빛이 도는 레드 같은 원색은 긍정의 기운과 활기찬 에너지를 저에게 안겨 주는 것 같아요. 또 이런 아이템은 특유의 강렬한 컬러가 포인트가 되어 블랙이나 화이트 등 기본 컬러 아이템과 꿀 조합을 이루기도 하므로 입기도 쉬워요.

색상을 고를 때는 나의 피부 색조와 잘 어울리는 '퍼스널 컬러'를 선택하면 좋아요. 저는 피부가 흰 편이라 빨강이나 파란색이 잘 어울려요. 심플한 니트 한 장을 입어도 평소보다 예뻐 보입니다. 얼굴을 밝혀서 피부 이미지를 더욱 선명하게 만들어 주기에 그런 것 같습니다.

전체적으로 젊고 발랄한 분위기를 내는 데도 '원색' 컬러만큼 좋은 게 없어 보여요. "난 뭘 입어도 어려 보이는 여자야!" 하고 표현하고 싶은 날을 위한 '스타일링 꿀팁'이라고 감히 추천해 봐요.

진정한 멋쟁이들은 옷을 많이 가지고 있지 않다고 해요. 자신의 스타일에 맞는 몇 가지 아이템만 실속 있게 사서 다양하게 활용해 입고 의외로 오래 입는 경우도 많습니다.

몇 년이 지나도 더 친숙한 옷들이 있지요. 꼭 오래된 친구같이 입으면 맘이 편하고 더 자연스러워집니다. 또 그들은 구매 기간을 떠나서 맞지 않고 입지 않는 옷은 과감하게 처분하기도 합니다. 이런 멋쟁이들도 가끔은 색다른 스타일로 그들 패션의 일탈을 꿈꿉니다.

'실패란 없다!', 실패 없는 기본에 충실한 패션

"건강은 '명상과 걷기'에, 젊음은 '피부와 체형'에,
멋은 '한 벌의 원피스'에서.
인생이 쉬워지는 삶의 공식은 '기본+기본'입니다."

봄이 다가오고 있네요. 봄은 40대 아줌마인 저에게도 설레게 다가오는 것 같아요. 계절이 바뀌는 이맘때면 마음이 조금 바빠집니다. 당장 겨울옷과 옷장 정리를 해야 할 것 같고 자꾸 새 옷에 눈이 가고 또 사고 싶어지네요.

그렇게 조금씩 조바심을 내며 개구리가 겨울잠을 깨듯 화사하고 따뜻한 2020년 새봄을 맞이할 준비를 하는 것 같습니다.

사계절 중 봄은 여자에게는 '소녀 감성'을 유발하는 계절이기도 합니다. 계절마다 가지고 있는 '고유의 분위기'라는 것이 있잖아요. 핑크빛으로 대표되는 봄은 저 같은 40대 중년 아줌마도 풋풋하고 사랑스러운 옷을 당당하게 입을 수 있는 기분이 들어서 좋아요. 하늘하늘한 원피스부터 상큼한 컬러가 돋보이는 치마까지 뭐든 봄에는 괜찮아요.

이렇게 환경이 바뀔 때마다 여자들은 크고 작은 마음의 변화가 생깁니다. 덩달아 화장과 옷차림 등 외모도 함께 변화하죠. 아줌마의 반복되는 일상에 찾아오는 이런 계절의 변화는 흥분과 떨림을 안겨 주기도 하지만, 모두가 똑같은 마음은 아니라고 생각합니다. 결혼과 출산, 육아를 겪은 저의 경험을 돌아보면 그래요. 주부에게는 한 번씩 모든 것이 귀찮고 무기력한 순간도 찾아오는 것 같아요. 그런 때에는 예뻐지고 싶은 마음은 있지만 몸이 따라주지 않고, 몸이 따라주면 감각이 무뎌진 자신을 발견하게 됩니다.

이런 악순환이 반복될수록 자신감도 점점 더 뚝뚝 떨어지죠. 그럴수록 자신을 가꾸고 꾸미는 일에서 더 멀어지는 것 같아요.

특히 옷은 자주 고민하고 많이 입어 보지 않으면 감을 잃기 쉬워요. 매번 새 옷을 사지 않더라도 소장한 아이템을 다양하게 활용하며 꾸준히 나만의 스타일을 연출해 보는 것이 좋아요. 여러 아이템을 다양하게 섞어서 매치해 보고 옷의 소매나 바지 끝을 말고 접는 방식으로 변화를 주어 보기도 하고요.

누구나 하나쯤 가지고 있는 화이트나 블랙 컬러 아이템, 기본 셔츠에 데님, 한 벌만 툭 걸쳐 입으면 되는 원피스 등 기본이 되는 패션 아이템을 골고루 입어 보세요. 기본 아이템만 잘 활용할 수 있어도 패션 스타일링의 폭은 충분히 넓어집니다.

가끔 남편들이 "'자동차 튜닝의 끝은 '순정(처음 상태)'이다."라고 말하잖아요. 패션도 비슷한 것 같아요. 매년 독특하고 새로운 디자인이 쏟아지지만, 결국 오래 질리지 않고 남아 있는 것은 의외로 심플하고 클래식한 아이템들이 대부분이에요.

그 때문인지 기본에 충실한 룩은 실패할 확률이 낮아요. 저는 패션의 기본은 '가벼운 레이어드'와 '안정감 있는 컬러 매치'라고 생각합니다. 상의와 하의가 제대로 갖춰져 있고 컬러만 조화롭게 어울려도 절반은 성공한 패션이에요. 여기에 가방이나 구두, 모자나 벨트, 액세서리로 룩에 포인트를 주면, 그날의 스타일이 완성된 겁니다.

화이트 셔츠는 언제 누가 입어도 예쁜 옷 중 하나예요. 넉넉한 사이즈의 기본 셔츠는 '청순미'의 대명사로 손꼽히며 꾸준히 사랑받고 있죠. 핏이 예쁜 청바지나 블랙 레깅스 역시 누구나 사계절 내내 애용하기 좋은 데일리 아이템이에요.

실용적이고 예쁜 '기본 아이템'으로는 원피스도 빼놓을 수가 없습니다. 옷 자체가 스타일이 되는 원피스는 상의와 하의를 따로 고민할 필요가 없고 입고 벗기도 쉬운 옷이죠. 베이직한 디자인의 원피스는 누가 입어도 깔끔한 인상을 줘요. 그뿐만 아니라 카디건이나 재킷만 살짝 걸쳐도 잘 차려입은 느낌을 주기 때문에 활용도도 높은 아이템입니다.

단체 사진에 빠지지 않는 국민 패션도 있습니다. 바로 흰 티나 셔츠에 청바지를 매치한 룩이에요. 이 스타일은 나이와 성별을 불문하고 누구나 소화할 수 있어요. 또 티셔츠의 프린팅이나 사이즈, 청바지의 핏만 조금 달라져도 입는 사람의 분위기가 바뀌기 때문에 늘 새로운 기분을 느낄 수 있습니다.

"모든 일이 때와 순서가 있듯이, 패션도 세월과 분위기를 탑니다.
세월이 흘러도 변하지 않는 옷은 언제나 '기본'과 '클래식'뿐입니다."

가끔 옛날에 입던 옷을 다시 입으면 전만큼 예뻐 보이지 않을 때가 있어요. 옷이 너무 촌스러워 보이기도 하고 반대로 옷이 너무 젊어서 제 나이에 어울리지 않는 것 같기도 합니다. 또 어떤 옷은 나이가 들어서 입으니 더 예뻐 보이기도 합니다. 옷은 그대로지만 사람은 계속해서 변하기 때문인 것 같습니다.

우리 인생에도 굴곡이 있듯이 패션에도 정체와 변화의 시기가 번갈아 찾아오는 것 같아요. 저희는 그 변화의 흐름을 유연하게 받아들이며 모든 상황을 믹스 앤 매치해서 조화를 이룰 수 있으면 좋겠습니다. 사람은 누구나 수많은 시행착오와 실패를 거듭하면서 성장한다고 하잖아요.

자연스럽게 멋스러운 패션의 시작은 '기본'에서 시작해야 합니다. 만약 천천히 옷과 친해지고 싶다면 자주 입었던 기본 아이템부터 꺼내서 입어 보세요. 내가 가진 옷에 정이 가고 마음이 가는 순간이 변화의 시기의 첫걸음이 될 거예요. 그리고 새로운 계절의 봄도, 더 나아가 인생의 봄도 오지 않을까요?

비하인드 스토리,
'벨르제이의 작은 방'

"세상 모든 여자의 꿈은 언제나 '아름다움'을 향하고 있죠.
오늘의 '꿈'이 내일의 '현실'이 되는 즐거운 상상이
여자를 행복하게 합니다."

안녕하세요. 유니콘 벨르제이 김혜정입니다. 조금은 막연한 마음으로! 조금은 수줍게 시작한 저의 '옷 이야기'가 이제 종착역에 다다랐습니다. 저의 이야기가 한 권의 책으로 엮인다고 생각하니 조금 부끄럽기도 하고 감격스럽기도 합니다. 정말 만감이 교차하네요. 새롭게 시작하는 자체 제작 의류인 '유니콘 벨르제이'를 준비하는 동안 제가 보고 느꼈던 생각들을 전하고 싶어서 시작한 일이에요.

『꿈꾸는 40대 맘의 옷 이야기 - 김혜정의 Style Life』라는 커버명을 붙여봤습니다. 저의 이야기는 '이제 40대 중반이 된 아줌마의 아름다움에 대한 솔직한 동경과 욕망'에 가깝습니다. 어려서부터 예쁜 옷이라면 사족을 못 썼던 평범한 아줌마가 조금 더 예쁘게, 조금 더 멋을 내기 위해 고군분투했던 '고민의 흔적'이라고도 말하고 싶네요.

아름다운 옷을 향한 김혜정의 '꿈'이 시작된 곳은 어릴 적에 제가 살던 그 '작은 방'이었습니다. 유독 몸이 약한 막내딸을 아끼셨던 친정엄마께서는 제가 좋아하는 마론 인형과 인형 옷을 아낌없이 사 주셨어요. 언니와 오빠가 학교에 가면 저는 제 방에서 인형들의 머리를 빗겨 주고 옷을 입혀 주며 예쁜 인형의 아름다움에 빠져 지냈습니다.

저의 작은 방에는 사촌 동생들과 친구들도 자주 함께했습니다. 멋쟁이이셨던 아버지의 피를 물려받은 저는 어렸을 때부터 손재주가 좋았다고 해요. 그 때문인지 자주 사촌 동생과 동네 친구들을 집에 불러서 엄마 화장품도 몰래 발라 보고 머리도 땋아 주며 놀길 좋아했습니다. 누군가를 예쁘게 꾸며 주는 일이 그땐 너무나도 행복했어요.

사춘기를 지나 대학생이 된 제 방에는 언제나 옷과 화장품이 가득했습니다. 어렸을 때는 넓게만 느껴졌던 제 방이 좁게 느껴지기 시작한 것도 그쯤이었던 것 같네요. 한창 멋 부릴 나이였던 저는 직접 바르고 직접 입어서 멋을 내야 직성이 풀리는 욕심쟁이였거든요.

그렇게 저의 작은 방에서 시작된 아름다움을 향한 '욕망이라는 이름의 전차'는 지금까지 이어져 '유니콘 벨르제이'가 된 것 같네요.

저의 40여 년을 한마디로 표현하자면 '보통 여자'였던 것 같습니다. 특별히 대단한 것도 없고 반대로 특별히 힘든 것도 없었던 '무난하고', '평범한' 여자의 길을 걸었습니다. 한때는 안정적인 회사에서 직장생활도 해 봤고 훗날 아줌마로 나이 들어 갈 때의 제 모습을 생각하며 우울감에 빠진 적도 있었죠.

지금은 아들맘이자 워킹맘으로 살며 매일 바쁘게 일하고 대충 먹고 쓰러지듯 잠드는 일상을 반복합니다. 그러나 또 매 순간 '어릴 적 작은 방의 그 꿈'을 꿉니다.

아직도 아름다움을 향한 꿈을 찾아가는 즐거운 상상을 합니다. 그리고 제 인스타그램 안에서 여러분과 동행하는 온정 넘치는 매일의 오늘을 살아갑니다. 그런 모든 일상이 제 작은 심장을 지금도 뛰게 합니다.

그리고 언젠가는 저의 오랜 꿈이 현실이 될 거라는 믿음이 있습니다. 그 믿음이 저를 행복하게 만들어 줍니다.

저는 미소와 긍정의 힘을 믿습니다. 그리고 언제까지나 어릴 적 작은방의 꼬마 혜정의 꿈을 잊지 않겠습니다. 오늘도 '아름다운 꿈을 꾸는 40대 아줌마' 유니콘 벨르제이였습니다.

"나에 대한 미소는
나에 대한 긍정의 기운을 담고 온다.
나에 대한 긍정의 힘은
또 다른 가능성과 기회를 만든다."

'유니콘 벨르제이' 김혜정의 길고 긴 이야기가 이제 종착역에 왔네요. 저의 이야기에는 '딸'이자 '엄마', '아내'로 살아가는 평범한 여자의 긴 고백이 섞여 있었던 것 같아요. 오늘보다 행복한 내일을 기대하는 주부의 세속적인 욕심도 있었습니다.

이 스토리는 가슴 뛰는 인생을 다시 만들어 보고 싶은 아줌마의 간절한 꿈이 담긴 작은 도전입니다.

삶이라는 파도에 떠밀려온 제 인생이 어느덧 불혹을 지났습니다. 아직도 예쁜 옷을 보면 가슴이 뛰는 마음은 철없는 20대 김혜정입니다. 아직도 삶의 무게가 가볍게 여겨지지 않는 여자입니다. 지금도 가끔 엄마, 아빠와 같이 있던 어린 시절의 향수에 문득 젖어 들곤 합니다. 젊은 날을 향한 그리움이 찾아와 마음을 헤집고 지나가기도 합니다. '아줌마'로 산다는 일은 늘 어딘가를 그리워하는 일 같아요.

옛날에 엄마가 차려 주셔서 아빠와 같이 먹던 밥상이 그리워지네요. 꽃보다 화사하게 피어난 10대, 20대의 젊음이 아련하게 느껴집니다. 지금은 의젓하게 커버린 아이가 갓난아기였던 시절을 다시 보지 못하는 것처럼 느껴지네요.

현재가 더 행복합니다. 하지만 저는 아직 이미 지나가 버린 부모님과의 지난 소소한 추억들이 그리움으로 남게 되네요. 이런 그리움과 추억들은 저에게 내일을 디자인하고 살아가는 힘이 되어 주기도 해요.

이런 그리움들이 그때의 제가 가졌던 꿈과 열정을 잊지 않게 하는 것 같습니다. 제 마음의 불씨에 좋은 연료가 되어 주었던 것 같아요. 사실 소심하고 낯가림이 심한 저이지만, SNS로 소통하며 행복한 일상을 살고 있습니다. 저의 얘기와 꿈을 누군가에게 이야기할 수 있다는 사실이 아직도 낯설고 믿기지 않아요.

제가 이런 용기를 갖게 된 데는 SNS를 통해 인연을 맺은 주위 분들의 따뜻한 관심과 격려가 가장 큰 힘이 됐습니다. 언제나 함께해 주시는 여러분이 있다는 것만으로도 43살 아줌마의 인생은 절대 외롭지 않네요.

다락방의 어린 혜정의 꿈을 담은 '유니콘 벨르제이'를 향한 도전 역시 저 혼자였다면 꿈조차 꿀 수 없었을 겁니다.

"꿈꾸는 유니콘 벨르제이의 세상에는
'정지' 버튼이 없습니다.
저는 변함없는 편안함과
아름다움을 만들기 위해서
매일 조금씩 앞으로 나아갈 뿐입니다."

새롭게 선보일 '유니콘 벨르제이'는 세월이 흘러도 변함없이 편안하고 변하지 않는 예쁜 옷만을 추구합니다. 해가 지나도, 언제 입어도 멋이 자연스럽고, 어디서든 잘 어울리는 옷이요. 해가 갈수록 소장 가치를 더하는 진정한 의미의 나만의 명품 의류를 매년 조금씩 만들어서 부담 없이 나누려고 해요.

저의 이런 유니콘 벨르제이 패션 철학은 저의 인생관을 닮았습니다. 저는 꾸밈없이 자연스러운 모습으로 남길 바랍니다. 아름답게 나이 먹어가는 친구 같은 아줌마로 남길 원합니다. 그리고 언제나 '소통하고 꿈꾸는 여자'로 오래 남을 수 있기를 간절히 바랍니다.

인생은 혼자일 때보다 함께일 때가 더 빛나는 게 삶의 또 하나의 법칙이라고 생각해요. 앞만 보고 달리는 와중에도 문득 스치는 바람에 가끔 외로움을 느끼는 것이 여자의 인생인 것 같기도 해요.

그 여정이 그래도 행복할 수 있는 것은, 정을 나누며 함께하는 '여러분'이 있기 때문인 것 같습니다. 저는 '알 수 없는 세상'이지만, 늘 최선을 다해서 살아가는 모든 아줌마를 응원합니다. 더 긍정적으로 웃고 더 열정적으로 일하며 '함께 농익어 가는' 친구가 되겠습니다.

여자의 행복한 인생을 같이 꿈꾸는 아줌마, 벨르제이 김혜정이었습니다.